「……その、二人の名前は？」

「えーっと、ジークルトさんとハンナさんの夫婦です」

「――!?」

《第三話　妖精王との謁見》

魔眼と弾丸を使って異世界をぶち抜く！

11

――その力持つ竜は、全部で九匹作られたと聞いています。

《第六話 闇の領域》

アタルはライフルのスコープを覗き込んで、
相手の軍勢を端から順番に見ていく。
そして、ちょうど中央に差し掛かったあたりで
その手がピタリと止まった。
《第四話 アタルVS 荒野の妖精王》

魔眼と弾丸を使って異世界をぶち抜く！

11

かたなかじ
イラスト：赤井てら
Author:Katanakaji
Illustration:Akai tera

口絵・本文イラスト　赤井てら

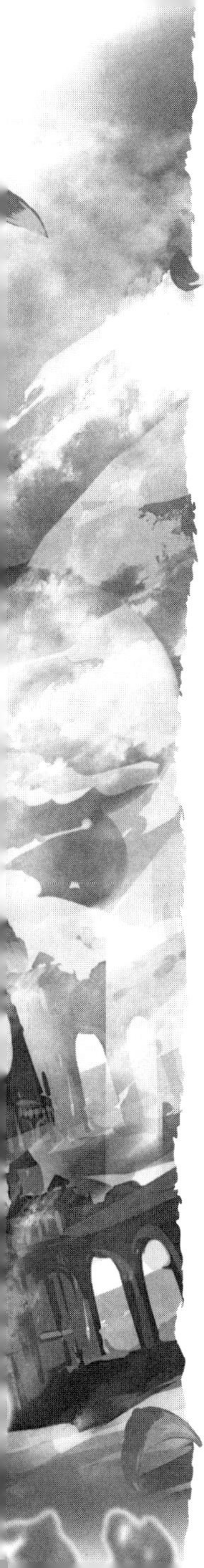

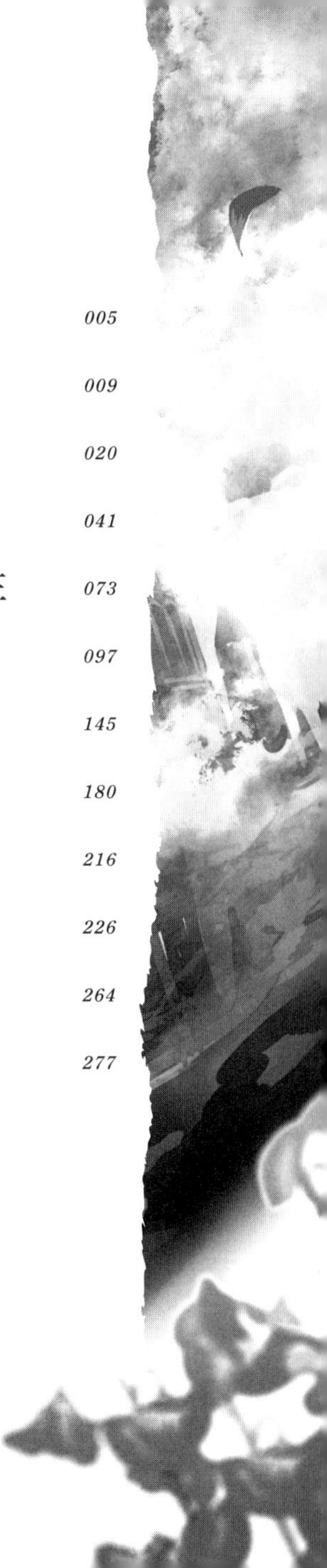

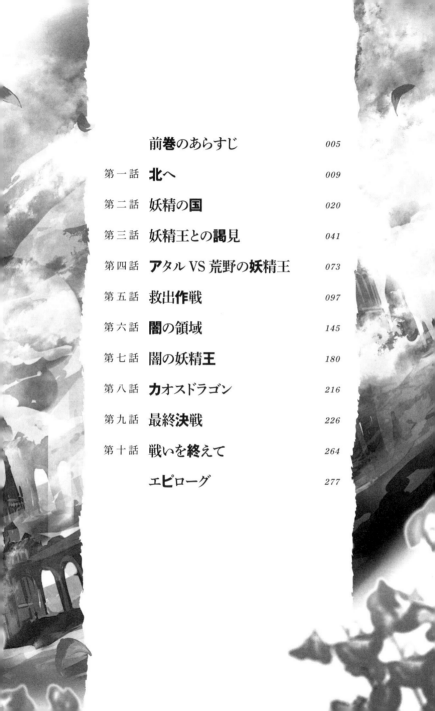

前巻のあらすじ

旅を続ける中で、水の都ウンデルガルへと到着《とうちゃく》したアタルたちは、その街でキャロの両親、そして最後の四神である朱雀《すざく》の情報を集めることになった。

その中で情報通の人物ということで、ウンデルガルまでの船旅の最中にも出会った街の顔役エイダの名前があがる。

彼女《かのじょ》のもとを訪ねたアタルたちは、情報を集める代わりに一つ依頼《いらい》を受けて欲《ほ》しいと提案された。

情報を得るためにアタルたちには断る理由はなく、街の住民たちに信頼《しんらい》されている彼女であれば、きっと有益な情報が手に入るだろうと信じて引き受けることにした。

彼女の依頼内容は、最近発見された古代遺跡《いせき》の調査だった。

そこには珍《めずら》しい魔物《まもの》が多く、アタルたちも慎重《しんちょう》に進んでいくが、その中でキャロが怪我《けが》をしてしまう。

しかし、素早《すばや》い治療《ちりょう》のおかげで大きな影響《えいきょう》はなく、その後の遺跡探索《たんさく》は順調に進んでいく。

途中《とちゅう》で神話の時代の壁画《へきが》を発見する。

そこには四神と思わしき絵も記されていた。

そんな壁画を確認《かくにん》しながら最奥部《さいおうぶ》に向かうと、そこには今まで見たことのない種類の竜《りゅう》がいた。

それはエンシェントドラゴンという名の古代から生きている竜であり、アタルたちが四神の力を使いこなせていないと見抜《みぬ》き、それを使えるように修行《しゅぎょう》をつけるという形で戦闘《せんとう》することとなった。

戦いの中で、四神の力を引き出すことに成功したアタルたちは見事エンシェントドラゴンを倒《たお》すことに成功する。

報告のためにウンデルガルへと戻《もど》って来たアタルたちだったが、報告の最中にキャロが熱を出して倒れてしまう。

エイダの秘書が元医者ということでキャロを診《み》てくれ、病状を調べた限りでは恐《おそ》らく『獣欠病《じゅうけつ》』というものであり、過去に絶滅《ぜつめつ》した病だと言われた。

これは古代遺跡で負った小さな怪我が原因だった。

あの遺跡には大昔の魔物もいたため、そこから感染《かんせん》したと思われる。

治療をするには再生の羽根と言われるアイテムが必要となるらしい。

恐らくそれは朱雀を倒すことで手に入るという情報を得た。

そうとわかればアタルの動きは早い。

バルキアス、イフリアと共に、エイダが調べてくれた朱雀の居場所である北西の火山へと向かった。

マグマが流れる火の山には火属性の魔物たちがいたが、アタルたちはそんなところで足を止めるわけにもいかず、次々に撃破《げきは》していき、一番奥《おく》にある開けたエリアへと到着する。

そこにいたのは情報のとおり、燃える羽を持つ鳥タイプの魔物、最後の四神である朱雀だった。

自我《じが》を失っていた玄武《げんぶ》、魂《たましい》のみの存在となっていた白虎《びゃっこ》、長らく封印《ふういん》されていた青龍《せいりゅう》とは異なり、朱雀はこの世界で生き続け、力を蓄《たくわ》えており、他の三柱よりも強い。

――しかも、今回はキャロがいない。

これまでで最強ともいえる強力な相手に苦戦するアタルたち。

しかし、アタルとバルキアスは玄武と白虎の力を引き出し、更《さら》には青龍の鱗《うろこ》を通してキャロの祈《いの》りが届き、青龍の力も加わることで、朱雀の強力な一撃《いちげき》を防ぐ。

そしてエンシェントドラゴンとの戦いの中で目覚めた、イフリアの新しい力である白い炎《ほのお》を弾丸《だんがん》に込め、スピリットブレイズバレットを使って朱雀に勝利する。

イフリアは新たに朱雀の力を得ることとなり、その力による再生の炎でキャロの病気を治すことに成功する。

そして、エイダは遺跡探索の報酬《ほうしゅう》として、キャロの両親のことを教えてくれた。

二人は北にある帝国《ていこく》にむかったはずだったが、帝国に到着したという情報はない。

そして、帝国へ向かう道中で極稀《ごくまれ》に人が失踪《しっそう》するという情報がある。

この二つを照らし合わせると、もしかしたら二人も旅の途中でなにやら事件か事故に巻き込まれて失踪してしまったのではないか？　というところまでが、エイダの集めた情報だった。

こうして、アタルたちの次の目的地は、北の帝国に向かう道中にある失踪者がでてきたと思われる地点になったのだった……。

第一話　北へ

「にしても、帝国ってなんか悪のイメージがあるよなあ」

目的地に向かう道中、馬車の手綱《たづな》を握《にぎ》っているアタルは何の気なしにそんなことを呟《つぶや》く。

色々なマンガや小説において、帝国は悪いイメージで描《えが》かれていることが多いと、ふと思い出していた。

「そうですね……」

それに対して、隣《となり》に座《すわ》っているキャロはどこか上の空で返事をしている。

水の都ウンデルガルを出た頃《ころ》の彼女はそわそわと落ち着かない様子だった。

それからしばらく移動が続いているうちに両親のことについて色々考えてしまい、意識がそっちに引っ張られて反応が鈍《にぶ》くなっていた。

「キャロ、疲《つか》れたな」

「そうですね……」

（ふむ、昨日はまだ反応している感じだったが、今日は全くだな）

何を言っても同じ反応をするキャロを見て、アタルはどうにか反応を引き出せないかと遊び始める。

「――キャロ、愛している」

色々考えた末に不意を衝《つ》ける言葉はこれだと、アタルは真剣《しんけん》な表情で口を開いた。

「そうですね……」

最初はぼんやりと聞き流していたキャロだったが『そうですね』と返したあとに、少しずつアタルの言葉を脳が理解し始める。

「――ってな、なななな、なにを言っているんですかっ！」

次第《しだい》にアタルがとんでもないことを言っていることに気づいた彼女はバッとアタルの方を見て驚《おどろ》き、顔を真っ赤にして反応する。

「ははっ、やっとこっちを見てくれたな。同じ反応しかしないから、なにを言っても大丈夫《だいじょうぶ》かと思ったぞ」

「も、もう、アタル様ったらっ」

冗談《じょうだん》で言っているとはわかっているものの、初めての言葉に頬を押《お》さえたキャロは顔を真っ赤にしたまま視線を逸《そ》らしている。

「悪かった、少しからかってしまったな……それより、どうしたんだ？　なんだか上の空みたいだが?」

いつものキャロであれば普通《ふつう》にしていながらも、周囲への警戒《けいかい》を怠《おこた》らないはずだったが、今の彼女は考え事に集中していて警戒へ意識が向いていないように見えた。

「あっ……その、申し訳ありません。ちょっと父と母のことを考えていたら……」

いよいよつかんだキャロの両親の情報。

最初の街から考えると、ここまで二人は長い長い旅を続けてきた。

色々な街で両親の痕跡《こんせき》を見つけることはできたが、毎回空振《からぶ》りに終わっていた。

しかし、ついに手が届くかもしれない。

そう思うと、嬉《うれ》しいような、不安なような、期待しているような、期待してはいけないような――そんな複雑な思いが頭の中をグルグルと駆《か》け巡《めぐ》っていた。

「まあ、そうもなるか。幼い頃に会ったきりで顔は記憶《きおく》にもない。そんな二人にやっと会えるかもしれないわけだからな……」

「ただ……また、今までのように近づいたと思って遠ざかってしまったらと思うと……」

情報が手に入るのは嬉しかったが、次こそはと期待して進めば進むほど、次に向かう場所を提示されるだけに終わってしまったこれまでの経緯《いきさつ》が、キャロの心に悲しみとして降りかかっている。

「そうなったら、また次をあたればいいさ。俺《おれ》が必ず両親に会わせてやる。俺たちに血のつながりはないが、俺もバルもイフリアもキャロのことを家族だと思っているから、今は俺たちと一緒《いっしょ》にいることで満足しておいてくれ」

『そうだよ！』

『うむ』

キャロの頭を優《やさ》しく撫《な》でながらアタルが言うと、バルキアスとイフリアがひょっこり顔を出して彼《かれ》の言葉に続いて家族であることに同意する。

アタルは既《すで》に地球では死んでおり、こちらに親族は一人もいない。

バルキアスは唯一《ゆいいつ》の肉親である母フェンリルを亡《な》くしている。

イフリアは霊獣《れいじゅう》であり、そもそも家族と呼べるような存在はいない。

そんな彼らだからこそ、互《たが》いのことを大事な仲間であり、大事な家族だと思っていた。

「みなさん……はいっ！　むしろ、三人がいてくれるおかげで寂《さび》しくないですっ！」

両親に会えずにきたことに悲しみを覚えていたが、孤独《こどく》を感じることは旅を始めてから一度としてなかった。

だからこそ、改めて一緒にいられることへの幸せを実感してキャロは笑顔《えがお》になる。

「お父さんとお母さんに会う時も、元気がなかったら心配されちゃいますからねっ。元気

にいこうと思いますっ！」

ぐっと拳《こぶし》を作って笑うキャロのそれは空元気のようでもあるが、それでもさっきまでよりは元気が戻ってきていた。

「――にしても、行方《ゆくえ》不明事件か……」

アタルはエイダからもらってきた地図を確認しながらそんなことを呟く。

ウンデルガルで聞いた情報にもあったが、ここ数年、ウンデルガルと帝国領《ていこくりょう》の中間あたりで行方不明事件が何件か発生しているらしい。

「地図によるともう少しいったところみたいだ。聞いた話によると川が流れているらしいんだが、こんなになにもない場所に川が流れているなんて――まさかそんなところが……」

あるわけがないだろうと、言おうとした矢先に、アタルたちの馬車から見て少し先のところに、まさにそのとおりの光景があるのが見えた。

「ありましたね……」

「あ、あぁ、そんなふざけた場所が本当にあるとはな……」

街道《かいどう》から少し外れた場所にあるそこには、いずこからか流れてくる小さな川があった。

しかし、本来あるはずの川の源流は見当たらず、突如《とつじょ》水が現れているように見える。

そして、その水はどこか別の空間に飲み込まれているようだった。

『ここはおかしい。空気中に含《ふく》まれている魔力《まりょく》が、この場所で渦《うず》を巻いているようだ』

イフリアは大気に漂《ただよ》う魔力の流れを追っていたが、一見して何もないように見えるこの場所を魔力がグルグルと回ってとどまっているのを感じ取っていた。

そして、それだけの魔力がここに滞留《たいりゅう》しているにもかかわらず、魔物の姿は一匹《ぴき》として見あたらないことに違和感《いわかん》を覚えていた。

こういった魔力がもれだすところはないわけではなく、魔力だまりと呼ばれ、魔物が集まりやすい傾向《けいこう》にある。

「なあ……これは、まずくないか？」

アタルの魔眼《まがん》にも魔力の異常な流れが映っていた。

その流れはアタルたちが近づいたことで反応を強めており、まるで彼らを飲み込まんとばかりに魔力がどんどんあふれていき、この周囲の魔力が濃《こ》くなっていく。

「っ！　一旦《いったん》ここから離《はな》れるぞ！」

アタルがそう提案した時には既に手遅《ておく》れで、彼らは魔力の渦に飲み込まれ始めていた。

「キャロ！」

「アタル様っ！」

互いの名を呼んだ次の瞬間《しゅんかん》、アタルたちは馬車ごと浮《う》かび上がっていた。

声は出ず、目も見えず、まるで水の中に飲み込まれたかのような、吹《ふ》き荒《あ》れる風の中にいるかのような、自分がどんな状態にあるのか理解できない。

まるで永遠であるかのようなその時間は、彼らの感覚に反してすぐに終わりを迎《むか》える。

「……はっ！」

「きゃあああっ！」

『わあああああ！』

『な、なんと！』

「ヒヒーン！」

声が出せるようになり、呼吸も自由にできるようになったアタルたちは、それと同時にそれぞれ声を出していた。

そして、目を開いて周囲を確認すると、どこかわからない一面花畑が広がる場所にいた。

「……一瞬《いっしゅん》でどこだかわからないような場所に飛ばされると、さすがに俺でも呆気《あっけ》にとられるな」

先ほどまでとは全く違《ちが》う光景を目にしたため、アタルは現実味がないように感じられていた。

こちらの世界に来た時に神より強い精神力を与《あた》えられているため、表情はあまり変わっていないが、あまりに突然《とつぜん》の出来事に内心驚いている。

「です、ね……」

キャロもそれは同様であり、美しい光景を前にしても、驚きが強かった。

『花がすごく綺麗《きれい》だよ！』

しかし、バルキアスは既にこの場所に順応しているようで、あたりを駆けまわっている。

バルキアスが勢いよく駆け回っても問題ないほどあたりは広く、後を追いかけるように花びらが舞《ま》う。

見上げた空は青であったり、赤であったりと、色が変化しているように見える。

地面を埋《う》め尽《つ》くさんばかりに咲《さ》き誇《ほこ》る花はアタルたちが見たことのない種類ばかりで、ふわふわと大きい花がいくつか宙に浮いていて、どこからともなく吹く風に揺《ゆ》れている花びらが一層幻想的《げんそうてき》な光景を醸《かも》し出している。

「本当に全く別の場所に来た感じだな……」

「一体、ここはどこなのでしょうか？」

別の空間、別の世界、別の国、どこに飛ばされたのか、キャロは何か情報が手に入らないかと周囲をキョロキョロと見回していく。

『ふむ、似たような場所なら知っている。少し前、みなのもとを離れて修行のために精霊《せいれい》界へと旅に出ていた。そこは我々精霊種の故郷ともいわれている場所だ。そこと似た空気を感じるが……あそことも違う様に見えるな……』

精霊が住まう場所と似た空気を持つ場所ともなれば、ここも恐らくそれに類する者たちが住んでいると思われる。

「とりあえず、周囲を見て回るとしよう」

特に魔物などの気配や危険な雰囲気《ふんいき》はなさそうであるため、アタルたちはしばらく花畑の周辺を歩いて回っていく。

「どちらに行けばいいのでしょうかっ？」

しかし、周囲には花以外に目立った何かがあるわけでなく、大きく動くために方向を決める必要があった。

「――迷い人のみなさん、妖精《ようせい》の国へようこそ」

そんなアタルたちにいずこからか、突然声がかけられる。

穏《おだ》やかな声であり、敵対心はなさそうだが、アタルたちは急な声かけに対して、警戒しながら振《ふ》り返る。

「……あ、あれ？　もしかして、怖《こわ》がらせてしまいましたか？」

そんな反応を見て、ふわふわと宙に浮いている声の主は、申し訳なさそうな表情になっている。

そこにいたのはアタルたちよりかなり小さく、掌《てのひら》よりは少し大きい程度の身体《からだ》をもち、背中に虫のような羽の生えた少年のような顔立ちの人物だった。

「お前は誰《だれ》だ?」

アタル、キャロ、バルキアス、イフリアの四人ともが彼の接近に気づかなかった。

目にも耳にも気配にも魔力にもどれにも反応させずにここに現れたため、その人物を相手に、アタルたちは最大限の警戒をはらっている。

「あ、あのっ、僕《ぼく》はベルといいます——見てのとおり妖精です」

そう言って、彼はくるりと回って背中の羽を見せる。

なんとか敵意はないということを必死に伝えようとしている様子は、どこか微笑《ほほえ》ましい。

ぱたぱたと動かして見せたのは、鳥のような翼《つばさ》ではなく、蝶《ちょう》の羽を大きくしたタイプで、鮮《あざ》やかな色合いのそれは、背中から四枚生えていた。

第二話　妖精の国

「よう、せい……」

呆然《ぼうぜん》とした表情でベルをじっと見ているアタルはボソリと呟くように言う。

こちらの世界に来てから初めて見た種族に、改めてファンタジーを感じて驚いている。

「はい、妖精です。こう見えて年齢《ねんれい》は百四十五歳《さい》なのですよ」

改めて前に向き直ってニコリと笑いながら答えるベルだったが、その顔立ちは最初の印象のとおり少年のそれであり、十代と言われても信じるだけの若さだった。

「す、すごくお若く見えますっ！」

見た目よりも若く見える種族といえばエルフが有名だが、それと変わらないくらいにはベルも若さを保っていた。

「ふむ、その妖精のベルはなんでわざわざ俺たちのところへ来たんだ？　それに、どうやって俺たちのことを知った？　あと、さっき言っていた迷い人っていうのはどういう意味なんだ？」

チャンスとみたアタルは矢継《やつ》ぎ早《ばや》に質問する。

知らない場所にきて、今のところ唯一の情報源であるベルからどうにかして情報を聞き出そうとしていた。

「え、えっと、一つずつお答えしますね。順番は前後しますが、まず迷い人について……迷い人とはみなさんが暮らしている世界から、我々妖精族が住んでいる妖精の国に迷い込んだ人のことをいいます」

詰問《きつもん》するようなアタルに戸惑《とまど》いながらも、優しい表情を浮かべたベルは、まずはこちらの世界でのみ使われる用語の説明から始める。

「その迷い人がこちらにやってくる時には、空間に大きなひずみが起こるのです。そして、それが起こると僕が住んでいる場所に知らせが来るようになっています。こちらの世界に迷い込んだ方は総じて動揺《どうよう》して混乱されているので、その手助けをしようというのが過去の王が作った決まりなのです」

これで、アタルの疑問についてひととおり答えたこととなり、胸を押さえたベルはホッとした表情をしている。

「なるほど……。まずは謝罪と感謝をしよう。いきなり質問を立て続けにしてすまなかった。この場所と正体がわかるまで油断できなかったんだ。そして、そんな俺たちにちゃんと説明してくれて助かった。ありがとう」

「ありがとうございますっ！」

少し申し訳なさそうな表情をしたアタルが詫《わ》びとお礼の言葉をして軽く頭を下げる。

それに笑顔のキャロが続き、バルキアスとイフリアもペコリと頭を下げた。

「い、いえいえ、お気になさらないで下さい」

ベルとしても、アタルたちが初めて来た場所に動揺し、不安を持っているのを理解しているため、身体の前で両手を振って大丈夫だとアピールしている。

「そういえば、そちらにばかり名乗らせておいて俺たちはまだだったな」

ベルのことを疑うばかりで、名前すら言ってないことに気づいたアタルは、バツの悪さに頭を掻《か》きながらも姿勢を正す。

「俺の名前はアタル。向こうの世界で冒険者《ぼうけんしゃ》というのをやっていて、各地を旅している」

アタルは端的《たんてき》に職業と世界をめぐっているということを説明する。

「私の名前はキャロですっ。アタル様と同じく冒険者をやっていて、旅をしています」

続いて笑顔のキャロが元気よく自己紹介《しょうかい》をしていく。

「それから……」

いつものように、アタルがイフリアとバルキアスの紹介をしようとしたが、それよりも先にイフリアが口を開く。

『我の名前はイフリア。彼らとともに旅をしているフレイムドレイクという種の霊獣だ』

いつもであれば、相手にあわせて人語を使うかどうかを調整しているが、今回は自然とイフリアが挨拶《あいさつ》したため、アタルとキャロは驚いて彼の顔を注視してしまう。

「おー、霊獣ですか。それはなかなかレアな存在ですね。確か精霊の一種だと記憶していますが、そうであれば妖精の国は感覚的に肌《はだ》にあうかもしれませんね」

しかし、ベルはなんら不思議に思うことなく、当然のように話をしている。

（イフリアみたいな霊獣が普通に話せるっていうのは、妖精からしたら別段気にするようなことでもないのか？）

アタルはすんなり受け入れているベルに対してそんな風に考えていた。

『じゃあ、僕だね。僕の名前はバルキアス。キャロ様と契約《けいやく》しているフェンリルだよ！』

イフリアを見て自分も話していいのだろうと判断したバルキアスは、尻尾《しっぽ》を振りながらベルに話しかけた。

「えっ⁉　フェンリル！　まさか、私の妖精生の中で神獣《しんじゅう》に出会う機会があるだなんて……感動です！」

「それと、そちらの馬車を引いている馬さんがフィンさんになります。この五人でここまで旅をしてきたんですっ」

キャロが最後に馬の紹介をして、アタルたち側の自己紹介が終わる。

「な、なんだか、互いに自己紹介をしただけなのに、思った以上に情報量のあるやりとりになってしまいましたね……」

これまでの迷い人とは明らかに違う性質のアタルたちに、ベルは戸惑いながらも、しっかりと情報を受け止めているように見える。

「まあ、もしかしたらこれから色々迷惑《めいわく》をかけるかもしれないから、俺たちのことはある程度知っておいてもらったほうが楽だろ」

この場所で何をできるのか、何をしていいのか、何をしてはダメなのか。

なにもわからないため、とにかくベルを頼《たよ》ることになるだろうとアタルは考えていた。

「あはは、気にしなくて大丈夫ですよ。こちらの世界が不安定なせいで迷いこむ方がいるといわれているので、むしろこちら側が謝罪をしなければなりませんから」

アタルたちを不安にさせないように、ベルは努めて笑顔でそう言ってくれる。

「それこそベルのせいじゃないんだから気にしないでくれ。それより、俺たちのこちら側での扱《あつか》いっていうのはどうなるんだ？　こちらの世界にしてみれば異物みたいなものだと思うが……」

アタルたちはキャロの両親捜索《そうさく》という目的があってこちらに来ているため、ある程度の行動の自由がほしかった。

「えーっと、ひとまず近くにある妖精の村に案内することになっていますが、それ以降は自由に行動されて大丈夫です。あちらの世界に戻る方法もあるので、そちらを案内することもできますし、こちらを観光することもできます。もちろんこちらへの移住を希望されるのであれば、仕事の紹介などもしています」

「……なんだって？　そんなに優遇《ゆうぐう》されるのか？」

異質な存在であろう迷い人に対してかなり有利な条件であるため、アタルは驚いてしまう。

悪意を持ったものがこちらに移住すれば、妖精たちに被害《ひがい》が及《およ》ぶかもしれないとも思っていた。

「基本的に困っている方々には手を差し伸《の》べるというのが我々の方針です。移住される場合も私たちでは手が回りきらない仕事を担当してもらいますので、互いに良い関係を築けると思っています。なにより、案内役を任される者は人の悪意を感じ取る力があるのですよ。みなさんからはそのような悪意を感じていませんので、ご安心下さい。こちらの世界にとって悪だと判断すれば……ふふっ」

先ほどまでの優しそうな顔から一変し、口元に手をやって少しいじわるそうにベルは笑うが、冗談だというのはアタルたちにも伝わっている。

「さて、それでは早速《さっそく》村へとご案内しますね」

本来の笑顔に戻ったベルは、案内へと戻っていく。

「よろしく頼《たの》む」

「よろしくお願いしますっ！」

アタルとキャロの言葉に頷《うなず》いたベルは、視線を花畑へと向ける。

「足元の花畑が歩くのには少々邪魔《じゃま》ですね」

これは冷たい言葉ではなく、花を踏《ふ》んでしまうのは可哀想《かわいそう》という意味が込められており、彼がぱちんと指を弾《はじ》くと、意思を持ったように花が左右に分かれて土の地面が見え、道ができあがっていく。

「おー、これはすごいな」

「花が自分で動きましたっ！」

その光景は普通には見られない、あちら側では考えられないものであったため、アタルは素直《すなお》に感心し、キャロは感動の域にまで達している。

（にしてもベル……なにか特別な力を持っているようだな。俺がこれまでに出会ってきた

やつらの持っている力とはどこか違うような……）

それから、アタルはベルの後ろをついていきながら魔眼で彼の能力を探《さぐ》っている。

彼がその身に宿している力は魔力とも神の力とも異なる、別の何かであり、その力の総量もかなり多いものだと感じ取れた。

「……なあ、ベルはなにか俺たちとは違う特別な力を持っているのか？　その、魔力とかとは全然違うなにかを感じるんだが」

思《おも》い浮かんだ疑問をあえて直球で問いかける。

短いやりとりだが、ベルは心からの善意でアタルたちに対応してくれているのが伝わっており、変に遠回しな質問をするよりもストレートに聞くのがいいと判断していた。

「あー、そうですね。我々妖精はみなさんが使われるようないわゆる魔法《まほう》を使うことはありません。妖精のみが持つ固有の魔力を使って、妖精魔法《フェアリーアーツ》というものを使うんです」

見てもらう方が早いだろうとベルは説明しながら右手に魔力を集めていく。

「ふわあ、なんだかすごく優しい力を感じますっ」

淡《あわ》い花のような薄《うす》いピンク色の力は、周囲の空気にゆっくりと干渉《かんしょう》していき、その様はキャロから見ると優しいというものだった。

「そうなんです！　この力はそもそも戦うためのものではなく、守るためのものなので、優しさが根源にあるんですよ！」

力の本質をキャロが感じ取ってくれたことが嬉しく、ベルは思わず熱くなってしまう。

「ふふっ、ベルさんはそのお力を誇りに思ってらっしゃるのですねっ」

「えっ……！　いや、はははっ」

改めて指摘《してき》されたことでベルは熱く語ってしまったことを少し恥《は》ずかしく思い、頬を掻きながら照れていた。

「俺たちの力とは全く別の種類の力っていうのは面白《おもしろ》いな。フェアリーアーツ……この力はなかなか興味深い」

未《よ》だベルの手に集まっている魔力をアタルはしげしげと眺《なが》めている。

一般的《いっぱんてき》な魔力とも、神の力とも異なる新しい力。

この力はもしかしたら、これからアタルたちが強者と戦っていくうえでの助けになるかもしれないと感じていた。

「そ、そんなにジッとみられると少し恥ずかしいですが、あちら側の方が興味を示してくれるのはなんだか嬉しいような気がしますね」

今までにも迷い人に対してこの力を見せたことは何度かあったが、過去に興味を示す人物はいなかった。

迷い人も多種多様で、酷《ひど》い場合は、妖精《ようせい》ごときの魔力《まりょく》など、と侮《あなど》られることもあった。

それゆえに、アタルたちの反応はベルから見て好ましいものである。

「俺たちはこれまでに色々な力に触《ふ》れて成長してきた。それでも、俺たちが戦う相手はなかなか厳しいやつらが多い。だから、新しい力には自然と興味がわくんだよ。ベルの力はキャロが言うように優しいものだが、ベルが言う守る力においては邪悪《じゃあく》な魔力に対してかなりの力を発揮しそうだ」

魔眼で見ることで、アタルはベルの力に特別なものを感じ取っていた。

「そ、そんなに特別かはわかりませんが……うん、そう言って頂けると嬉しいですね……ところでキャロさん、大丈夫ですか？」

照れながらベルは返事をするが、ふとその視界で頭を押さえてふらつくキャロの姿が目に映る。

「あ、あの、少しふらついてしまって、病《や》み上《あ》がりだから仕方ないのかもしれませんが」

気づかれないようにしていたつもりのキャロは慌《あわ》てたように大丈夫だと力なく笑う。

言葉通り、キャロは前の街で獣人だけが罹《り》患《かん》する古い病気にかかったことがあり、それをアタルたちが治療している。

「大丈夫か？　まさか、あれが治りきってなかったとか……」

あれ以降、異常がなかったため安心していたが、ここにきて急にふらつきを見せたキャロに対して、アタルたちは心配そうに彼女の様子を窺《うかが》っている。

『……ふむ、我も少し頭がぼーっとしているな』

イフリアもキャロよりは弱いものの、違和感を覚えていた。

「あー……みなさん普通にされていたので注意するのを忘れていました。実はあちら側から妖精の国に渡《わた》ってくるのには二つのルートがあるんです。一つはゲートと呼ばれる場所を通ってくる正規ルート。もう一つがみなさんのように迷い込んでしまった場合の非正規ルートですね」

申し訳なさそうに眉《まゆ》を下げたベルは指を二本立てながら説明していく。

「どちらのルートでもこちら側に来る際に、途中で魔障壁《ましょうへき》と呼ばれる魔力と妖精魔力の二つの力で作られた壁《かべ》を通過してくるのですが、正規ルートではゆっくり通過するため、なんの問題も起こりません……ですが、非正規ルートの場合は魔障壁を無理やり突破《とっぱ》する形となるので、内包する魔力が大きく乱されることがあるのです。今回はどうやらキャロさんが特に顕著《けんちょ》で、次にイフリアさんにも症状《しょうじょう》がみられたようですね」

アタルとバルキアスへの影響は小さかったらしく、二人には特に変化はなかった。

「それの解決策や治療法《ちりょうほう》はあるのか？」

アタルはふらついているキャロのことを支えながらベルへと質問する。

先ほどもキャロ自身が言っていたが、彼女《かのじょ》は病み上がりであるため、できる限り負担をかけたくなかった。

「もちろんです！　もう少し行った場所に、小さいですが妖精の村に僕の家があります。そこで話をしながら魔力の流れを正す処置をしますので、もう少々我慢《がまん》して下さい」

少しでも早く対応しようと先を行くベルは少し移動速度を上げていく。

ふらつくキャロが少しでも楽になるようにと、バルキアスが背中にのせて、小さいイフリアはバルキアスの頭の上にのって移動することとなった。

それから三十分ほど歩いたところで、妖精の村に到着《とうちゃく》する。

小さな妖精たちが住む村は花が咲き乱れ、木をベースとして作られた家に暮らしているようだった。

ベルの家は村中を抜《ぬ》けて、外れのほうにポツンと建っていた。

かわいらしいログハウスのような家は花で彩《いろど》られており、中は彼が過ごしやすいような小さい家具があったが、迷い人も来るため、人間サイズの家具も置かれていた。

「それでは、用意しますのでみなさんは座って休んでいて下さい！」

ソファへアタルたちを誘導《ゆうどう》すると、ベルは慌てた様子でキッチンへと籠《こも》っていく。

「す、すみません、またご迷惑を……」

家の中に入ったことで気が緩《ゆる》んだキャロはふらつきながらソファに座り、背もたれに全体重を預けている。

「気にするな。たまたま今回はキャロが強くでただけで、もしかしたら俺がなっていたかもしれないだろ？　それに俺たちは家族なんだから気にしなくていい。それよりも、ベルがなんとかしてくれることに期待しよう。ほら、肩《かた》を貸してやる」

少し強引《ごういん》に言いくるめるようにアタルはそう声をかけながら、彼女の隣に座って彼女の頭を自身の肩に寄りかからせるように優しく引き寄せた。

「はい……」

嬉しさと申し訳なさからキャロはポツリと呟くように返事をすると、遠慮《えんりょ》がちながらアタルの肩に寄りかかった。

ソファでも十分だったが、アタルの傍《そば》のほうが彼女にとって安心感があった。

ほどなくして、ベルはティーセットを持って戻《もど》って来た。

「お待たせしました！　今お茶の用意をしますので、少々お待ち下さい」

そう言いながら、ベルはテーブルの上にカップを三つ、床《ゆか》に深めの皿を並べていき、そこにお茶を注いでいく。

「花を使った紅茶か、いい香《かお》りだな――と言いたいところだが、お茶よりも先に、早くキャロの症状を治してやってくれないか？」

のんびりとお茶を飲んでいる場合ではないと、アタルは不満そうな表情になっている。

「い、いえいえ、違うんです！　このお茶がその体内の魔力の乱れを整える効果を持っているんです！　淹《い》れたてでないと効果が薄いのと、うんと熱いお湯で煮《に》ださないといけないので、持ち運びは難しいのです。とにかくみなさん、騙《だま》されたと思って飲んでみて下さい」

ベルが慌てて説明するが、まさかお茶を飲むことが解決策だと思っていなかったため、アタルは拍子抜《ひょうしぬ》けしてしまっていた。

しかし、ベルが嘘《うそ》をつく必要性もないためお茶を受け取ると、アタルはキャロを支えながらお茶を飲ませていく。

「わあ……とっても美味《おい》しいですっ！　それに、さっきまでの身体の不快感が全くなくなりましたっ！」

数口飲んだところで、すぐに調子が良くなったのを感じたキャロは解放感からか立ち上がっている。

「よかったです！　一応良くなったように感じても、しばらくはゆっくりと休んでいて下さい。徐々《じょじょ》に乱れは改善していくはずですが、やはり完全に良くなってからのほうが安全ですので」

「は、はいっ……！」

注意されたキャロは慌てて座り直して、再びゆっくりとお茶を飲んでいく。

その顔には照れもあったが徐々に赤みがさしてきており、はた目にも体調が良くなっているのがわかる。

「ふう、よかった。それじゃ、俺もいただくか……へえ、確かに美味《うま》いな」

紅茶の風味に花の香りが溶《と》け込んでいて、口当たりも良く飲みやすい。

アタル、バルキアス、イフリアの三人とも、あっという間に一杯《ぱい》を飲み干してしまった。

「あれ、なんだか俺の身体も軽くなった気が……」

さきほどまで、アタルは特に体調に変化を感じていなかった。

しかし、お茶を飲んだことで確実に体調が改善したのを感じている。

『僕も身体が楽な気がするー！』

バルキアスも、どことなく重さを感じていたが、ただの旅の疲れだと思っていた。

しかし、このお茶を飲んだことで軽くなっているのを実感している。

「ふふっ、魔障壁による影響《えいきょう》が顕著に出ていたのはキャロさんとイフリアさんでしたが、やはりアタルさんとバルキアスさんも、少ないながらも、その影響を受けていたみたいですね」

魔力の乱れ方や身体への影響の度合いは人による。

キャロのように顕著な場合や、イフリアのように実感するが大きな影響にまで至らない場合もある。

アタルやバルキアスに関しては、本人も気づかない程度の軽い影響しかなかったが、お茶を飲むことでそれが解消されていた。

「なるほど、ちなみにこのお茶は何度も飲んだほうがいいのか、それとも今回飲んだことで魔障壁の影響は払拭《ふっしょく》されるのか、どっちなんだ？」

今後も継続的《けいぞくてき》に飲む必要があれば、作るのに手間がかかるため、少々面倒《めんどう》だとアタルは考えている。

「えっと、今回飲んだことで体内の魔力が調整されますので、もう飲まなくても大丈夫ですよ。今後はこちらでも普通に活動できると思います。あちらに帰る際は正規ルートをとっていただきますので、その際には今回のようなことは起こらないでしょう」

それを聞いてアタルたちはホッとした表情になる。

継続的に飲まなくてすむことに対してもだが、さっきのような体調不良が続くことを懸《け》念《ねん》していた。

「さて、キャロさんにはもう少しゆっくりしていただいた方がいいと思いますので、その間、少しお話をしましょう」

そう言うと、ベルは真剣《しんけん》な表情でアタルに視線を向ける。

「みなさんは四人ともが特別な力を持っているように思われます。それは僕の持つ妖精の力とも異なる、もっと神聖なものであるように感じられます。もしかして……それは神の力なのではないでしょうか？」

「!?」

その言葉にキャロとアタルは驚《おどろ》く。

四人は確かに四神の力を宿しており、ベルは彼なりの感覚でそれを感じ取り、推測を交えて質問していた。

「…………」

アタルとキャロは数秒視線をかわす。

そして、どちらからともなく頷いた。

「ベルの言うとおりだ。最初は偶然《ぐうぜん》手に入れた力だったが、旅をしていくなかで、普通《ふつう》ではなかなか出くわさないような強力な敵と戦う機会が増えていった。それで更《さら》なる力を手に入れる必要性を感じて、結果として四人ともが神の力を得ることを選んだ」

ベルに能力がばれているなら、誤魔化《ごまか》さずにいっそ話してしまおう。それが先ほどの視線での二人の心の会話による結論だった。

なにより、ここまでベルと話していて彼の親切さと人の良さを感じていた。

加えてベルは妖精の国に住んでいるため、外のことなら話しても問題はないだろうという思いもある。

「なるほど、それはかなり壮絶《そうぜつ》な道のりを歩んできたのですね……」

神の力が必要なほど強力な敵と戦っているというのは、一般的な冒険者では考えられないことである。

事実、これまで迷い人は何人もいたが、アタルたちほど強力な力を持つ者はいなかった。

「まあ、あっちには色々と強いやつや面倒なやつがいるからな。これくらいの力を持ってないとまともに戦うこともできないんだよ……」

考え込むような顔をしたアタルは邪神《じゃしん》、宝石竜《りゅう》、そして魔族のラーギルの姿を思い浮かべている。

「それほどの敵が相手ということですか……」

それを聞いたベルは思案にふける。

そして、なにかに思い至って口を開く。

「――もし、よろしければみなさんを光の妖精王の城へご案内したいのですが、いかがでしょうか？」

ベルの突然の提案に、アタルとキャロは首を傾《かし》げる。

今の話の流れでなぜ城に向かう話になるのかわからなかったため、質問の意味を込めて二人はベルに視線を送る。

「あぁ、急な話の転換《てんかん》で困惑《こんわく》させてしまいましたか……あなたがたはきっとあちら側に戻ってからもずっと強力な敵と戦うのだと予想しました。城で妖精王と会うことで、みなさんが新たな力を手に入れる可能性があると思ったので提案したのです。もちろん強制ではありませんが……いかがでしょうか？」

全《すべ》ての情報を出しているわけではないが、ベルが言葉にしたことに嘘はなく、本気で言っているように見えた。

他にも思うところはあっても、裏はない、そんな風にベルは提案している。

「……はあ、わかったよ。悪いようにはしないんだろ？　だったら断る理由もないし、なにより俺《おれ》たちはベルの案内がないとどこにいっていいのかわからないんだ」

ベルにはここまで世話になった恩もある。

だったら、これくらいは彼《かれ》の提案にのって少しでも恩返しをしておこうと考えた末の結論である。

加えて、彼のことだから言葉のとおり自分たちに有利になるかもしれない情報を持っているのも事実だと思われた。

「それはよかったです！　もう少し休憩《きゅうけい》したら出発しましょう！　その間にフィンさんが休めるように支度《したく》してきますので」

手を合わせて笑顔《えがお》を見せるベルは、まだ疲《つか》れを感じさせるキャロを気遣《きづか》ってそう提案し、全員が食べられるようにお茶うけとなるクッキーを用意して提供してくれる。

そして自分がいてはリラックスできないかもしれないと気を遣《つか》ってフィンの世話をするついでに少し部屋を離れていった。

一行が城に向かって出発したのは、それから少し経《た》ってからだった……。

第三話　妖精王との謁見《えっけん》

ベルの家を後にし、花が咲き誇る妖精の村を抜けて、そのまま城に向かって行く。

（ん？）

そこでアタルは一つベルに関しておかしな点に気づく。

村の中には当然ながら妖精たちが住んでおり、彼らが気ままに行きかっている。

中には遠巻きにアタルたちを見てひそひそと顔を寄せ合って噂話《うわさばなし》をしている者もいる。

そんな彼らと比較《ひかく》して、ベルの服装はあきらかに豪華《ごうか》なものであり、一般《いっぱん》市民とは違うのではないか？　そんな疑問が浮《う》かんでくる。

長い階段を上り、花が浮かぶ噴水《ふんすい》が見えてくると、その後ろに白を基調とした立派な城が姿を現した。

ここまでは順調だったが、城の前でひと騒動《そうどう》起こる。

「貴様ら、何者だ！　あちら側の者が気安く城に入れると思うな！」

城門を守っている妖精の衛兵たちが、怒《いか》りとともにアタルたちに向けて槍《やり》の穂先《ほさき》を向けてけん制してくる。

これはアタルやキャロがベルより少しだけ先に進んでしまったために起こってしまったものであり、いわば事故のようなものだった。

どうしたものかと困っているアタルとキャロに後ろから、すぐにベルが駆《か》けつけてくれる。

「――彼らは僕の客だ。無礼なことをするな」

ベルは二人の横を通り抜けてかばうように前に立つ。

そして、自分が案内してきたアタルたちに対して、攻撃的《こうげきてき》な行動をとった衛兵たちを叱《しっ》咤《た》していた。

このベルの反応にアタルとキャロは面食らっている。

これまでの彼を見てきたアタルたちは彼の優《やさ》しさにだけ触れてきていた。

しかし、今の彼は毅然《きぜん》とした態度で衛兵たちを見ている。

「べ、ベル様！」

ベルの存在に気づいた衛兵二人は慌てて姿勢を正す。

そして、彼の大事な客人に武器を突《つ》きつけるなどという、とんでもないことをしたことに気づいて顔を青ざめさせていた。

（この反応……やっぱりこうなってくると、ベルはそれなり以上の地位なんだろうな）

黙《だま》ってついていくのが得策だと判断したアタルはここの騎士団《きしだん》みたいなものの責任者、もしくは大臣クラスあたりかと予想している。

（ベルさんは貴族の方なのでしょうか？）

様子をうかがっているキャロは、王城の衛兵が緊張《きんちょう》するほどの相手と考えて、身分の高い貴族なのではないかと予想していた。

「さあ、みなさん。中に参りましょう」

くるりと振り返ったベルが笑顔でアタルたちを城内へと案内していくが、先ほどの厳しい態度の彼を見ているため、油断ならないとアタルたちに慎重《しんちょう》さを取り戻させる。

「……あぁ、わかった。行こう」

それでも、ここまで親切にしてくれた彼のことを疑う理由もないので、アタルは彼についていくことにした。

そこからのベルは無言で、勝手知ったる我が家《わがや》、といわんばかりに迷いなく進んでいく。

中は長い廊下《ろうか》に青い綺麗《きれい》なカーペットが敷《し》かれ、人の世界の城とそう大差はなかった。

サイズも一般的な人族が歩いていても違和感《いわかん》がないサイズの造りになっている。

そして、しばらく進んだ先で大きな扉《とびら》の前に到着した。

「ここは……」

（もしかして、王の謁見部屋じゃないのか？）

これまでに、色々な国で王族と出会ってきたアタルたちは同じような部屋に何度か足を踏み入れたことがある。

大体の国で、両開きの重厚《じゅうこう》な扉を開けたその先には王や大臣などが待ち受けており、そこで謁見をするというパターンが多かった。

ベルはそれを特に説明することもなく扉に手をかざしていく。

すると、それに反応した扉は勢い好《よ》く大きく開け放たれる。

「――あっ！」

中にいる人たちが驚いてしまうような勢いで開かれる扉に、キャロは驚いて声を出してしまう。

キャロも中で王様が待っていると想定していたため、さすがにこれでは王様も不敬だと思ってしまうのではないかと、ベルのことを心配していた。

「……えっ？　あぁ、大きな音を出して申し訳ありません。ちょっと扉の建付けが最近悪いもので、力を入れないとうまく開かないことがあるんです。修理しないと……」

魔法で強引に扉を開けたベルは、音で驚かせてしまったのかと考えてキャロに謝罪する。

しかし、キャロ、そしてアタルは別のことに驚いている。

「『誰《だれ》もいない？』」

アタルが予想していたとおり、この部屋には玉座があり、床には外のものよりも綺麗な青いカーペットが敷かれている。

「あぁ、ここは普段《ふだん》ほとんど使わないいんですよ。今も、形式にのっとってみなさんを迎《むか》えるためにここに来ただけなので……」

乾《かわ》いた笑いを浮かべたベルはすーっと小さな玉座にむかい、そのままぽすんと腰《こし》をかける。

そうするとどこからか、マントと王冠《おうかん》が現れて、それらがふわりと彼の身体《からだ》に身につけられていった。

「コホン、それでは改めて……ようこそ、あちら側からの迷い人。妖精《ようせい》たちを代表として、私、『光の妖精王』は君たちを歓迎《かんげい》しよう」

腕《うで》を広げたベルは演技がかった様子で、そんな風に自分が王であることをカミングアウトしてきた。

「あ、あぁ、偉《えら》いんだろうなとは思っていたが、ベルが妖精王だったとはな」

「え、ええ、そうですね。意表を衝《つ》かれました」

案内役を務める人物が妖精王だとはさすがに思わなかったため、二人も少々困惑している。

「……はあ、すみません。一応王らしく威厳《いげん》を保ってみようかと思ったのですが、やはり慣れないことをするものじゃありませんね。一応僕《ぼく》が光の妖精王だということに信憑性《しんぴょうせい》をもたせようとここまできてみたのですが、こんなものはつけないほうが僕らしくていいみたいです」

ため息交じりに肩をすくめたベルは、玉座を離《はな》れ、アタルたちのもとへとやってくる。

その間に、王冠とマントはどこかへと消えていった。

「それではおふざけはここまでにして、改めて話をしましょうか。みなさんはどうしてこの妖精の国にこられたのですか？」

何かを確信した様子でベルが質問を投げかけてくる。

「その様子だと俺たちが明確に目的をもってここに来たとわかっているようだな」

ただ迷い込んだと思っているなら、こんな質問はでないはずであり、ベルの目はアタルたちが何か考えがあってあえてここにきていると確信しているようだった。

「そう、ですね。魔力酔《まりょくよ》いに関しては他の迷い人と同じでしたが、初めて会った時からこちらの世界に対しての戸惑《とまど》いが少ないのを感じていました。そして、私が王であると打ち明けた際に、なかなか乾いた反応をいただきましたが、王であるなら情報を持っているかもしれないという、鋭《するど》さを持った揺《ゆ》らぎがお二人の目の中にあったのを感じました」

光の妖精王だけあり、彼の感覚は鋭く、色々と見抜《みぬ》かれていた。

「わかった、そこまでわかっているなら隠《かく》しても仕方ない。俺たちがどうしてここにやってきたのか、なにをしたいのか話そう……」

彼の人柄《ひとがら》、そして見抜く目、王であるにも拘《かか》わらず、それを笠《かさ》に着せない態度。

それら全てを鑑《かんが》みて、ここは素直に話すのが得策だとアタルは判断する。

彼らはキャロの両親を捜《さが》すために旅をしていること、前の街で有力な情報を得たが、二人が当初目標として向かっていた街にはいないということ。

さらに恐《おそ》らくはこの妖精の国に迷い込んだのではないかと考えていること。

それらを包み隠《つつ》さずに話していく。

「ここ十年くらいの間に、兎《うさぎ》の獣人《じゅうじん》の迷い人はいなかったか？」

これこそが確信をついた質問であり、どんな答えが返ってくるのかとキャロはもちろんのこと、アタルですら緊張していた。

「迷い人に関しては、そのほとんどを王である僕が把握《はあく》しています。ここ十年間に限定してみれば……十人いかないくらい、でしょうか。ですが、ほとんどの方がこちらに来て意識を失ったままとなっていたので、そのままあちら側に送り返しました。みなさんとは別の場所からやってきた方もいらっしゃいましたね」

アタルたちのように最初から完全に意識を保った状態で普通に行動しているのは、稀《まれ》なケースであり、ほとんどの場合はこちらに迷い込んでから意識を失っている。

「みなさんのように意識をずっと保たれている方は、その中でも片手で数えるくらいでしょうかね」

だからこそ意識があるものには、定住や探索《たんさく》を許可している。

「その中にあって、力のある獣人が二人いました。彼らは夫婦《ふうふ》で、キャロさんと同じように兎の獣人です。もちろん彼らもアタルさんたちと同じようにしっかりと意識を保っていましたよ」

この発言にキャロの身体がこわばる。

もしかしたら父と母かもしれない、でもまた違《ちが》うかもしれない、それでも夫婦ということから可能性が高いかもしれない……。

きゅっと手を握《にぎ》って硬《かた》い表情をしているキャロは、色々な想《おも》いが頭の中をぐるぐると回っている。

「……その二人は、今はどうしているんだ？　あちら側に戻ったのか？」

仮に妖精の国に来ていたとしても、既《すで》に帰ってしまっていたら会うことはかなわないし、その後の動向に関しての情報はないかもしれない。

固まってしまっているキャロに代わってアタルが問いかける。

「——お二人は……」

ベルがつくる一瞬《いっしゅん》のタメにアタルとキャロは息を呑《の》む。

「この妖精の国にいます！」

力強く宣言したベルに、アタルとキャロの目が輝《かがや》きを持つ。

「そして、そのお二人……特に奥様《おくさま》はキャロさんに似ています！」

聞きたかった言葉をベルが言ってくれている。

ついに、ついに、キャロの両親のもとへとたどり着いたかもしれない。

高まる可能性に浮かれそうになるのを抑《おさ》え、アタルは冷静に次の質問を口にする。

「……その、二人の名前は？」

旅の初めの頃《ころ》は、キャロの両親のことは何も知らなかった。

しかし、長い旅の中で二人の名前を知ることができた。

これは、最後の一押《ひとお》しとして重要な情報である。

「えーっと、ジークルトさんとハンナさんの夫婦です」

「「!?」」

ベルの口から出てきた名前。

それは二人が平民として暮らす際に使っていた偽名《ぎめい》である。

つまり、今度こそ、キャロの両親であることを表していた。

「やっと、やっと会えるんですね……」

聞きたかった名前を耳にしたキャロはその場で膝《ひざ》をついてハラハラと涙《なみだ》が零《こぼ》れ落ちていく。

「キャロ、よかったな!」

アタルはキャロの肩に手を置いて声をかける。

『キャロ様やったねー!』

バルキアスはキャロの周りをくるくると回って喜んでいる。

『うむ、よかったな』

イフリアは落ち着いた口調だが、内心では我がことのように喜んでおり、三人ともがキャロが両親に会えることを心から祝っていた。

「……その件について少し話したいことがあります」

だが、何か問題があるようで、喜んでいるところに水を差すようで申し訳ないというような表情でベルが話す。

あまりいい情報ではないということが伝わってくるため、アタルたちも再び緊張の表情となっている。

「実はこの国は現在戦時中でして、キャロさんのご両親も我が国《くに》にご助力頂いているのです。本来なら我々の戦いに巻き込むことは本意ではなかったのですが、少々特別な形でお二人に力を貸したことから、お礼をしたいと申し出てくれて参加していただいています」

決して協力を要請《ようせい》した形ではなく、事情があったことをベルがつけ加える。

「お二人の現在の居場所なのですが……申し訳ありません。妖精の世界は広く、今どこの戦場で戦っているのかが不明でして……詳《くわ》しい居場所に関してはこれから調査の上、報告という形になってしまいます」

この言葉にアタルは怪訝《けげん》な表情になり、キャロは驚愕《きょうがく》に大きく目を見開いている。

「あー、今の話で色々疑問が浮かんだんだが……戦時中？　この国の、この世界の王は光の妖精王であるベルだろ？　それなのになんで戦争なんてものが起こるんだ？　魔物《まもの》が攻《せ》め込んでくるとかなら百歩譲《ゆず》ってまだわかるが……」

穏《おだ》やかそのものといった妖精の国の雰囲気《ふんいき》に似合わない『戦時中』という言葉に、アタルは首をかしげている。

「最初にこの国について、もう少し説明すべきでした……。僕は確かに妖精王なのですが、『光の』とつけているように、他にも妖精王はいるのです」

それについてはアタルたちも気にはなっていた。

光の力を持っている絶対王だから光のとつけたのかなど、二人も思うところはあったが、この話を聞いて一つ謎《なぞ》が解けた。

「僕の領地は妖精の国全体で言うところの南側になります。迷い人は決まって南側に現れるので、基本的には王たる僕が迎えに行くことになっています。東は『肥沃《ひよく》な大地の妖精王』が統治していて、そちらとは同盟を結んでいるので問題はありません……が、北を領地とする『闇《やみ》の妖精王』が問題なのです」

そう答えたベルの表情には影《かげ》が落ちている。

「彼女は自分の領地を広げていこうと、闇の力で侵食《しんしょく》していこうとしています。そして、最初のターゲットとなったのがここ、光の領地なのです」

光と闇がぶつかりあう。

ゲームではそんなシチュエーションがよく見受けられるが、まさか妖精の国でもそんなことが起こっているとは思わず、アタルも顔をしかめる。

「恐らくはお二人も北のどこかの戦場で戦っていると思います。その具体的な場所を調べるためにも少々お時間をいただきたいというのが先ほどの話になります、が……」

そこまで説明したところで、ベルは意味深な視線をアタルにぶつける。

「……その代わりに俺たちになにかしてほしいことがある――そんなところか」

アタルはベルの表情から彼がなにを考えているのかを言い当てる。

「ははは、わかってしまいましたか……その、このような形でお願いするのは心苦しいですし、本来であればなんの条件もなしに動きたいところなのですが、どうにも人手不足なのと、領民の命がかかっている状況《じょうきょう》なので背に腹は代えられません」

本来のベルの人柄からすれば、キャロを早く両親に会わせてあげたいという思いが強い。

しかしながら、光の妖精王であるベルからすれば使える戦力を有効活用して、なんとか現状を打破していきたいという考えが強かった。

「わかった。ここまで色々良くしてくれた分の感謝の気持ちも含《ふく》めてベルの頼《たの》みを聞くとしよう」

「――えっ⁉」

アタルが即答《そくとう》したため、依頼《いらい》する側のベルが驚いてしまう。

「いや、なんでベルが驚くんだ？　俺たちに頼みたいことがあるんだろ？　だったら、こっちが了承《りょうしょう》するのはベルにとったらいいことなんじゃないのか？」

思わぬ反応にアタルは首を傾げてしまう。

「い、いえ、そのとてもありがたいことではあるのですが、内容をまだ話していなかったのでそちらを確認《かくにん》していただいて、内容次第《しだい》で受けるかどうか判断されるものだとばかり……」

まさか内容を確認せずに了承するとは思ってもいなかったため、ベルは不意打ちを喰《く》らった気分だった。

「どんな内容にせよ、その二人の居場所を突き止《と》めてもらう必要が俺たちにはある。そして、その間に俺たちがベルに助力するのは問題ない。むしろ捜すのを頼む側なんだからそれくらいはしないと、そっちが割に合わない。そして、俺たちにできないことは少ないだろうし、なによりベルはそこまで無茶苦茶《むちゃくちゃ》なことはいわないと信じている。結論、頼みを聞くことにする」

「…………」

自信満々に言うアタルを見て、ベルは一瞬呆気《いっしゅんあっけ》に取られてしまう。

ここまで自身と仲間の力を信じていて、なおかつその実力が伴《ともな》っていると思われる人物はそうそういない。

(ありがとう)

アタルたちがこの国に、このタイミングで来てくれたことをベルは心の中で感謝していた。

「それではご説明します。先ほども話しましたが、現在我々は闇の勢力と戦争中にあります。そのため、北に多くの戦力を回しています。しかし、その隙《すき》をついて西の『荒野《こうや》の妖精王』がこちらに攻め込もうとしているのです」

東は同盟を結んでいると言っていたが、思い返してみると先ほど西側については何も触《ふ》れていなかった。

「なるほど、そいつらを全力で殲滅《せんめつ》すればいいということだな、任せておけ」

「全力でいくのは得意ですっ！」

アタルの発言に、キャロも乗り気になっている。

「ちょっ！　ちょっと待って下さい！　そ、そうじゃないんです！」

アタルが想定以上の過激な発言をしたため、ベルは慌《あわ》てて制止しようとする。

「ははっ、冗談《じょうだん》だ。まさか同族でそこまで本気の殺し合いをするわけにはいかない、だろ？　だが、それくらいの力は持っていると思ってくれて構わない」

先ほどの話はもちろん冗談ではあったが、その程度のことはできると思って欲《ほ》しい、とアタルは言っていた。

「かなり腕に自信があるようですね。頼もしい限りですが……みなさんにお願いしたいのは、西側の戦力がどの程度なのか、どれくらいこちらに侵攻《しんこう》してきているのかを探《さぐ》っていただきたいのです。あまりに戦力が大きい場合にはみなさんにも助力いただくかもしれませんが……」

できればそうなって欲しくはない――ベルはそう思いながら沈痛《ちんつう》な面持《おもも》ちで依頼する。

「わかった。ただ、移動するうえで俺たちはこのあたりの地理に詳しくないから、誰か案内役をつけてくれると助かる」

全くといっていいほど、こちらの世界のことがわかっておらず、移動で注意すべきことなども知らない。

あちら側とはかなり違う特性を持つ土地であるため、そのあたりが不安だった。

「もちろんです――カティ！」

ベルが案内役に呼びかける。

彼の声は淡《あわ》いピンク色の魔法《まほう》にのってカティと呼ばれる人物のもとへと届く。

数分して、カティは謁見の間へとやってきた。

カティと呼ばれた彼女《かのじょ》は小さな女性の妖精で、肩口《かたぐち》で紫《むらさき》の髪《かみ》を短く切りそろえている。

美しい蝶《ちょう》を思わせる濃《こ》い紫の羽が涼《すず》しげな彼女の印象を更に際立《きわだ》たせていた。

目鼻立ちから女性らしさが感じられるが、きりっとした表情と髪型《かみがた》から中性的で男性と間違《まちが》われることもある。

「王よ、お呼びでしょうか？」

カティはチラリとアタルたちに視線を送るが、そのままベルの前でひざまずく。

「カティ、こちらはアタルさん、キャロさん、バルキアスさん、イフリアさんです」

ベルがアタルたちを紹介《しょうかい》したため、カティは立ち上がってからアタルたちに向き直って頭を下げる。

「みなさん、彼女は近衛妖精兵のカティといいます。一応は僕の護衛を担当している形になりますが、今回カティにみなさんの案内役を頼もうと思っています」

ベルの言葉を聞いて、カティは勢い好く振《ふ》り返ってベルの顔を見る。

その表情は困惑の二文字で埋《う》め尽《つ》くされていた。

王を守護すべき自分がなぜ案内役をしなければならないのか。

そもそも彼らは一体何者なのか。

そんな疑問が顔に張りついている。

「カティ、アタルさんたちには西の勢力の調査を依頼しました。しかし、みなさんはこのあたりのことに全く詳しくないので、あなたに案内をしてもらいたいのです。カティは戦う力があって地理にも詳しい……案内役として適任なのですよ」

ベルが真剣に言うと、カティは数秒考えたのちに静かに頷《うなず》く。

「承知しました。我が命をかけてその命、成《な》し遂《と》げます……カティと申します。よろしくお願いします」

王命を受けたカティは色々思うところがあったが、全てを飲み込み、アタルたちの案内役を全《まっと》うすることを心に強く刻みつけ、ゆっくりと頭を下げる。

「アタルだ、よろしくな。一応、ここに来るまでに潜入《せんにゅう》とか、敵情視察なんかはやってきたからそれなりに役に立つとは思う。ただ、なにぶんこちらの世界で気をつける点なんかがわからないからなにかあれば注意してくれ」

「承知しました」

アタルの言葉に、カティは真剣な表情で頷く。

「キャロです、よろしくお願いしますっ」

『ガウガウ』

『きゅきゅー』

それにキャロ、バルキアス、イフリアが続く。

「はい、よろしくお願いします」

こちらの三人に対して冷静な口調のカティだったが、穏やかな表情で挨拶《あいさつ》をする。

「それではまずは周辺の位置関係を確認するために地図を見ましょう。大きなテーブルのある会議室へ移動します」

実際にカティが同行して案内をするが、なにかあった時のことを考えて、周辺の状況についてアタルたちに知っておいてもらったほうがいい――それが彼女の考えだった。

「わかった、よろしく頼む」

彼女の提案にアタルたちはついていく。

地図で見て、実際の場所を見ることで、より一層位置関係が把握できる。

そのため、彼女の提案はとてもありがたかった。

「それじゃ、僕は別の調査に移るからあとのことはカティに任せたよ」

ベルはベルでやることがあるようで、別の場所へと移動していく。

「了解《りようかい》です」

カティは美しい敬礼をみせながら彼の背中を見送り、しばらくすると再びアタルたちへと振り返った。

「それではみなさん、こちらへどうぞ」

こうして一行は彼女の案内で会議室へと向かって行く。

カティは収納棚《しゅうのうだな》から取り出した大きな地図をテーブルへと広げた。

「我々がいる光の城がこちらになります」

カティはその位置に目印となる三角形の目印を置く。

地図上の中央からやや南に城は位置していた。

「そして、この東側が同盟を結んでいる肥沃な大地側の領地です」

わかりやすいように色が青色に塗《ぬ》られている。

「そして北が現在戦争中の闇の領地になります」

そちらは暗めの紫色《むらさきいろ》で塗られており、光に続いて二番目の広さを持っていた。

「なるほど、このあたりが国境になるからそこに戦力を集中させているんだな」

境目となる色が変化しているあたりをアタルが指さしている。

「そのとおりです。そして、今回我々が調査をするよう命を受けたのは、こちら荒野の領地の軍勢になります」

そちらは三番目の広さをもっており、赤色に塗られている。

「となると、相手が戦力を展開してくるのはこのあたりか？」

光と荒野の境には川が流れており、アタルはそのあたりを指さす。

「恐らくはそうでしょうね。川には大きな橋がかかっていて、もしそれが壊《こわ》されたとしても、歩いて渡《わた》ることも可能だと思います」

つまり、そこがアタルたちが目指す先となる。

「わかった、とりあえず近くまでは馬車で向かって途中《とちゅう》で停《と》めてそこからは徒歩で向かうとするか。偵察《ていさつ》になるからばれないように慎重にいくぞ」

アタルの言葉にキャロたち三人、そしてカティも頷く。


最終的に西側にはアタルたち四人とカティ、そしてカティの部下三人の合計八人で向かうこととなった。

万が一戦闘《せんとう》になった場合、アタルたちの実力は未知数であり、カティ一人では不意をつかれた際の対応が厳しいと判断し、部下の中でも実力者二人が選ばれた。

アタルたちは自分たちの馬車で、妖精組は彼女らの魔力《まりょく》で動かすことのできる特別製のソリにのって移動している。

「馬も犬もいないのにソリが動いている光景はなかなかに興味深いな」

地球では犬が引いている犬ぞりをテレビで見たことがあったが、雪もないのにソリが単体で動いている光景はこの世界ならではのものであり、なんとも不思議な光景だった。

「こちらでは比較的一般的《ひかくてきいっぱんてき》な移動方法です。むしろ馬はこちらにはいないので、我々からすれば馬車のほうが珍《めずら》しいですよ」

（そういえば、こっちでは馬車を見たことがないな）

思い返してみると、確かに村中でソリ以外の乗り物を見た覚えがなかった。

「お互《たが》い珍しいものを見られてよかった、そう思っておくことにしよう」

アタルたちがのってもソリを動かすことはできず、カティたちに馬車を操縦できるとも思えないため、そういうものがあるのだなという興味だけで終わらせておく。

西までの道程では特になにごとも起こらず、順調に進んでいく。

その道中でアタルたちは、あちら側では決して見ることのできないような幻想的《げんそうてき》な風景に出くわした。

「……わあ、すごいっ！　水晶《すいしょう》でできた森ですよっ！」

キャロが感動して声を上げるほどに、それは美しい光景だった。

幹も葉も全て水晶でできており、空から降り注ぐ光を反射している。

落ち葉はキラキラと光を乱反射している。

「これは確かになかなか見ごたえがあるな」

アタルも静かながら目を細めて見入っている。

改めてファンタジーな世界に来ていることを実感させられていた。

バルキアスはパリパリと音をたてて砕《くだ》ける水晶の葉の感触《かんしょく》が楽しく、ぎゅっぎゅっと踏《ふ》みつぶして遊んでいた。

イフリアも子竜《こりゅう》サイズのまま地面に降り立って、興味深そうに葉を踏みしめている。

「順調に来ていますし、まだまだ前線までは距離《きょり》がありますので、このあたりで少しゆっくりして行きましょうか。先に進めば隠密《おんみつ》行動になりますので、今のうちに少し休みましょう」

アタルたちの様子を見てカティが提案してくれる。

それがなかったとしても、ここまで馬車とソリで数時間移動してきているため、疲労《ひろう》も蓄積《ちくせき》しており、カティも部下たちに休憩の時間が必要だと考えていた。

「……いいのか？」

戦時中という、刻一刻と状況が変化する状況にあってそんなにのんびりしていいのか、という意味を込めてアタルが質問する。

「迷い人のお二人の助力によって北の方は比較的拮抗《きっこう》状態にあって、まだしばらくは北に関しては猶予《ゆうよ》があります。そして、西側の勢力ですが、こちらもまだ本腰《ほんごし》をいれている様子は見られないので、休憩をいれて万全《ばんぜん》な態勢で臨《のぞ》みましょう」

それには適度な休憩をとるのは必要不可欠である、とカティは状況を分析《ぶんせき》して冷静に判断している。

「わかった、それじゃお言葉に甘《あま》えて少しこのあたりを散策でもさせてもらおうか」

アタルの言葉にホッとしたのは、カティの部下たちだった。

アタルたちは基本のポテンシャルが高く、長旅にも慣れているため、これくらいでは疲労することはない。

カティも同様に体力には自信があるタイプであり、疲れの色などはみじんも感じさせないほどに涼しい顔をしている。

しかし、彼女の部下は、ぐったりと地面に座《すわ》り込んでしまい、疲れから項垂《うなだ》れていた。

彼らも戦闘という面においては光の妖精兵の中でも上位の強さを誇《ほこ》るが、さすがに数時間の移動の経験はこれまでほとんどなく、疲れ切ってしまっていた。

「アタル様っ、あちらに川があるようですっ。行ってみましょうっ！」

「わかった」

木があるだけで、これだけ不思議な景色になっている。

ならば、川も一般的《いっぱんてき》に想像できるようなものとは異なるのではないかという期待感を二人は持っていた。

川までは数分で到着《とうちゃく》することができ、カティもそれに同行している。

「おっ、これはかなりの透明度《とうめいど》だな」

少し離れた位置からでもその美しさは判別することができ、近づくと川底が見えるほどに澄《す》んでいる。

流れも穏やかで、不思議な色の魚が泳いでいるのが川岸から確認することができた。

「この、川底にあるのはなんでしょうか？」

キラキラと光を放っており、普通《ふつう》の石でないことだけはわかるが、先ほどの木のかけらや宝石というわけでもなさそうであるため、キャロは首を傾《かし》げている。

「あぁ、それは魔石《ませき》ですね。川の上流にある山が削《けず》れているのですが、山自体が魔石の塊《かたまり》のようなものなので、長年の川の流れによってここまで運ばれてきているのです」

「ほう……かなり純度が高いな」

アタルは川に手をいれて一つだけ拾い上げると、魔眼で確認する。

山自体が大きな魔力を内包しており、それが削れてできた魔石とあって、小さいものでもかなりの力を持っていた。

「そちらの魔石ですが、この国では特に有効活用されることはありませんので、もしご入用でしたらみなさんが持っていって構いませんよ。あちら側では色々と使用用途《ようと》があるのですよね？」

魔石についてはカティも聞きかじった程度の話ではあったが、自分たちに助力してくれているアタルたちであれば魔石を持っていってもなんの問題もないと考えていた。

「おぉ、それは嬉《うれ》しいな。あちらではこれだけの純度の魔石を集めるのはかなり大変だから、すごく助かる」

売って金にしても、自分たちの装備を作るのに使っても、人間側の戦力アップのために使ってもいい。

魔石は色々な用途に使えるため、いくらあっても困るものではなかった。

「まだしばらく休憩《きゅうけい》しますので、魔石集めはご自由になさって下さい」

アタルたちが喜ぶようなことを提供できたため、カティは内心でホッとしている。

出発前に、ベルからできるだけ彼《かれ》らの力になるように言われていた。

こんなことでも、彼らが喜んでくれるのであれば言ってよかったと考えている。

「ここまで色々ともらう一方だったから、いよいよ本気でやらないと申し訳なくなってくるな」

「はいっ、絶対に成功させましょうっ！」

魔石を拾ってバッグにしまいながら、二人は先ほどまでよりも今回の偵察任務に対する気持ちが高まっていた。

その後、休憩を終えた一行は再び進んでいく。

二時間ほど移動したところでついに水晶の森が終わり、今度は新たに普通の木々が生息する森となっていた。

「さて、ここらへんからは馬車とソリはなしで行こう」

地図ではこの森を抜《ぬ》けたところからが荒野の領地になっており、もし先行部隊が入り込んでいるとしたらこの森からだと考えられた。

「この森あたりまでは既に入り込んでいるようだからな……」

もちろん地形上の問題だけでなく、アタルたちは何者かが潜《ひそ》んでいるという気配を感じ取っていた。

「確かに、森からこれまでにはない圧を感じますね」

カティも同様に既に荒野の妖精王の部隊が入り込んでいることを感じ取っていた。

「俺《おれ》たちは木の上を進んでいく。カティたちは悟《さと》られないようにゆっくり地上を進んでいってくれ」

このアタルの指示に従って、それぞれが行動していく。

いよいよ、ここからは戦場に足を踏み入れるため、カティやその部下の表情に緊張《きんちょう》の色が浮《う》かんでいた。

アタルたち四人は戦場には慣れており、するすると木を登っていくと、枝と枝を足場にして飛び渡っていく。

しばらく進んだところで、荒野の妖精兵が哨戒《しょうかい》しているのを発見する。

三人一組で行動しており、それが何部隊にも分かれて森の中をゆっくりと進んでいた。

(なるほどな、よくできてる。同時に倒《たお》さない限り、誰かが声をあげて他の部隊を呼ぶということか)

一人ずつバラバラに行動していれば各個撃破《げきは》することもできたが、組んで動かれると、なかなかそういうわけにはいかない。

(どうしたものかな)

少しでも敵の数を減らすことを考えるなら、森の中にいる妖精兵だけでも片づけておきたい。

すると、キャロがアタルの肩《かた》をトントンと軽くたたく。

彼女は人差し指で自身とバルキアスを指すと、今度は下を指さした。

(なるほどな……それでいくか)

アタルはキャロの意図を理解したらしく、視線を交《か》わし、無言のまま頷く。

するすると音を立てずに地面に降り立った二人は、木の陰に隠れながら徐々《じょじょ》に妖精兵との距離を詰《つ》めていく。

それに合わせてアタルはサイレンサー機能をオンにしたライフルを構えている。

装填《そうてん》している弾丸《だんがん》は気絶弾。

ベルたち光の妖精、そして眼下にいる荒野の妖精兵、双方《そうほう》ともに妖精という同族であり、説明している時のベルの表情はどこか辛《つら》そうなものであった。

だから、決して殺すことはせずに気絶という手段を考えている。

もちろんキャロたちもその意図を汲《く》んでおり、素手《すで》で向かっていた。

音をたてず、静かに近づいて行く。

（いまですっ！）

そして、キャロが隠れている木の横を通過したところで、背後から一気に距離を詰めて三人の首のあたりに手刀を撃《う》ち込んで気絶させる。

（まず一組目）

アタルたちが確認した限りでは、森の中を哨戒しているのは十組ほどであり、残り九組となった。

（さて、俺も少し減らしていくか）

アタルがいる位置から見づらい部隊はキャロたちに任せて、アタルは他の部隊とは離れている組を気絶弾で狙《ねら》い撃っていく。

（す、すごい）

その様子を隠れながら見ていたカティたちは、アタルたちの実力を目《ま》の当たりにして驚《おどろ》いていた。

迷い人であり、ベルが信頼《しんらい》して偵察を任せるほどともあれば腕前《うでまえ》には自信があるのだろうと思ってはいたが、それらは規格外だった。

（キャロさんたちの体術がすごいのはもちろんですが、あのアタルさんのアレは一体なんなのでしょうか？　離れた場所にいる妖精兵《ようせい》が一瞬で倒れています……）

アタルがライフルを構えているのはカティにも見えているため、それを使って何かをしているだろうことは予測がついている。

しかし、それがなんであるのか、どうやって攻撃《こうげき》しているのかはわからず、ただただ不思議な攻撃で着実に成果をあげているアタルの実力に息を呑んでいた。

それから、わずか十分程度の間に森に潜んでいた荒野の妖精兵は全《すべ》てアタルたちによって倒された。

「とりあえず、縛《しば》っておけばいいだろ」

アタルはバッグの中にあったロープで彼らを適当に縛り上げると、その場に放置していく。

（少し暴れればほどけるだろうし、俺らの邪魔《じゃま》にならなければいい）

再び敵として現れたとしても実力差は明らかで、簡単に倒すことができるため、アタルは彼らにこの程度の意識を割《さ》くだけにとどめておく。

（本題はあっちだ……）

森の中にいても強い気配が森を抜けた更《さら》に西の方角から感じ取れる。

「あっちに荒野の妖精王がいるな」

「はいっ」

『ガウ』

『キュー』

アタルたちは全員がそれを感じ取っている。

「そう、ですね」

カティも同様であり、険しい表情になっていた。

闇の勢力との戦いに全力を尽くせない理由――それがすぐそこにいるともなればこんな

表情になるのも納得《なっとく》できることだった。

それを見ていたアタルはニヤリと笑った。

「それじゃ、カティをそんな表情にさせている元凶《げんきょう》の様子を探りに行くとするか」

「はいっ！」

アタルの言葉にキャロは清々《すがすが》しいまでに笑顔《えがお》で即答する。

これまで冷静に対応をしてきてくれたカティが、一瞬で表情をこわばらせるということは、その相手は余程嫌《よほどいや》な相手か、余程面倒《めんどう》な相手だと予想できる。

そんな相手をなんとかすることができれば、カティだけでなくそれこそベルもきっと助かるに違いない。

そのために二人は少し本気を出してみようかと考えていた。

第四話　アタル　VS　荒野の妖精王

森の終わりまでやってくると、川を一つはさんで、その向こう側にはだだっ広い荒野が広がっている。

森と荒野が交わるこの境を隔《へだ》てるかのように存在する川が、光の妖精王の領地と荒野の妖精王の領地の境目になる。

そこから数百メートル離《はな》れた位置に、荒野の妖精王の軍勢が待機するのが見えていた。

「あれは、いつでも進軍できるぞって見せているのか……あれはポーズなのか、本気なのか……」

綺麗《きれい》に整列しており、戦力としては見せている。

しかし、森に斥候《せっこう》部隊を送るだけで、それ以上侵攻してくる様子は見られない。

「なあカティ、あいつらの様子を探るのが俺たちの役目って話だったが……」

「そう、ですね。ここからでもおよその戦力はわかりますし、森に斥候を送っていたのを確認できましたし、そちらもとりあえずの無効化はできたので仕事としては十分かと思われます」

本来客であるアタルたちにこれ以上危険なことをやってもらうのは、カティとしてもよくないことだと思っている。

「なるほどな……なあ、調査をしてくれってことだったが、俺たちで倒してしまってもいいんだろ？」

「えっ⁉」

アタルの言葉にカティは驚くが、キャロ、バルキアス、イフリアはアタルの言葉のとおり動くつもりであり、準備運動を始めている。

「そ、その、本来は調査のみということで、できれば穏便《おんびん》にことを進めていきたいのは事実なのですが、王にはみなさんには自由に動いてもらうようにと言づかっていまして……」

それはつまり現場ではアタルたちの判断に任せる。

責任は王であるベルがとる――という意味のものである。

「ははっ、それはいいな。じゃあ、まずは相手の姿を確認しておくか……」

アタルはライフルのスコープを覗《のぞ》き込んで、相手の軍勢を端《はし》から順番に見ていく。

そして、ちょうど中央に差し掛《か》かったあたりでその手がピタリと止まった。

「――なあ、あのなんていうか、獣人《じゅうじん》みたいなやつがその例の荒野の妖精王なのか？」

彼の視線の先にはこれまでアタルが接してきた妖精とは一線を画す見た目の者がいた。

アタルは妖精の国に来てから、このタイプの妖精は初めて見たため、少々戸惑《とまど》っている。

「あー、えー、そうですね。アタルさんがなぜ驚いているのかは心当たりがありますし、その疑問の答えは、その彼が荒野の妖精王です、というものになります」

「？」

カティの答えはどこかすっきりしないものであるため、キャロは首を傾げている。

「ほら、覗いてみろ」

アタルがライフルのスコープをキャロに覗かせる。

「……えっ!?」

キャロもアタルと同様、ソレを見て驚いていた。

二人がスコープ越《ご》しに確認した人物は、鉢巻《はちま》きのようなものを頭に巻き、サイズは小さいもののまるで獅子《しし》の獣人のような見た目をしている。

腕組《うでぐ》みをして遠くを見ているその背中には妖精特有の羽根が生えていることで、かろうじて妖精だと判断できるが、それがなければ獣人と言われても違和感《いわかん》はなかった。

「しかも、王の近くにいるやつら。妖精なのに筋肉むきむきのやつらがいるぞ……」

小さなボディビルダーの集団のように、鍛《きた》え上げた肉体を誇っている王の護衛部隊がそこにはいた。

「なんというか、妖精《ようせい》っていうのはベルやカティみたいに小さいイメージだったんだけどな……」

アタルの言葉にカティが苦笑《くしょう》する。

「ふふっ、確かに彼らは少し普通の妖精とは違《ちが》いますね。我らが持つ妖精魔力《まりょく》とは、フェアリーアーツを使うためだけでなく、現在の肉体を維持《いじ》するためにも使われているのです」

つまり、怪我《けが》や老化などに対して、変化せずに現在の状態を維持しようとしてくれる。

それは肉体の見た目も同様であり、あそこまで筋肉が隆起《りゅうき》した肉体になるのは通常ではありえないことだった。

「彼らは妖精魔力を捨てることで、自らの肉体を鍛えることを選んだ者たちなのです。その考えに対して思うところはありませんが……ちょっと苦手です」

最後の一言は本心から出たものである。

彼女から見て、かなり特異な身体をしている荒野の妖精兵は美的感覚的に受け入れられないものがあった。

「正直だな。それじゃ、さっそく俺のほうで先手を打ってみようじゃないか」

アタルはライフルに気絶弾《だん》を装填して、荒野の妖精兵たちに狙いをつける。

（まずは、側近っぽいやつからやってみるか）

そこからは無言のまま次々に弾丸が打ち出されていく。

あえて妖精王は狙わずに、最初は左右に立っていた側近を、そして中央に位置する護衛部隊を、と王の周囲にいる者たちから順番に倒していく。

「「「「…………………」」」」

なにが起きているのか、なぜ仲間が次々に倒れているのか、なにをされているのか、誰《だれ》にされているのか、なにもわからないため妖精兵たちはなにも言えずただ茫然《ぼうぜん》としている。

「な、なんだ！　どこから攻撃しているのだ！」

そんな中にあって荒野の妖精王だけは原因を探ろうと周囲を見回している。

しかし、アタルはかなり離れた位置から射撃《しゃげき》しており、そこは森から出たばかりの場所である。

更に加えて、キャロたちには木の陰《かげ》に隠《かく》れているように指示を出して、本人も姿がばれないように隠れた状態で弾丸を放ち、数発撃つと場所を移動している。

こうなっては誰もアタルの居場所を特定することができず、アタルの気絶弾無双《むそう》が始まる。

妖精兵たちがなにもできずに困惑《こんわく》している間に、王の周囲数十メートルにいた兵士たちは全て気絶するという状況《じょうきょう》になっていた。

その数、およそで百を超《こ》えている。

「ぬおおおおおおおおおおおおおおおおおお！」

数十秒前までは困惑、数秒前までは唖然《あぜん》としていた。

しかし、今は怒《いか》りにその身を燃やし、雄叫《おたけ》びはアタルたちがいる場所まで届いて空気を震《ふる》わせていく。

「おー、こいつはなかなかすごい迫力《はくりょく》だな」

「す、すごいですねっ」

アタルは楽しそうにその雄《お》たけびを聞いており、キャロは驚いている風である。

「どこの誰だか知らんが、隠れた場所からチマチマと攻撃をするな！　さっさと姿を現して正々堂々勝負をしろおおおおおおおおお！」

その見た目のとおり、荒野の妖精王は脳筋であり、シンプルにしか物事を考えられず、今回のアタルのような姿を隠しての遠距離《えんきょり》での攻撃をよしとはしなかった。

「なるほど、確かにあいつの言葉にも一理あるかもしれないな……というわけで、ちょっと行ってくる。カティたちはここで待っていてくれ」

「えっ、ちょっ！」

慌ててカティが止めようとしたが、既《すで》にアタルたちは走り出していた。

その背中はあっという間に声が届かなくなるほどの距離にあり、彼らはわずか数十秒程度で妖精王の前まで到着していた。

「――あぁ、もう！」

強いのはわかっていた。

そして、自由にさせていいと王からも言われている。

しかし、あまりに自由すぎるため、カティは苛立《いらだ》ちから痛む頭を押《お》さえていた。

「さて、姿を現せと言ったから出てきてやったぞ」

アタルは王までの距離十メートルのところまでやってきて声をかける。

その後ろにはキャロたちが控《ひか》えている。

「貴様かああああああ！　遠くから安全な状態で攻撃をしおってえええええええ！　あんな攻撃は男らしくない、卑怯者《ひきょうもの》だ！」

「うるっさ！」

この距離でも先ほどまでと同じ声量で怒鳴《どな》りつけてくるため、アタルたちは思わず耳を塞《ふさ》いでしまう。

「む、貴様らあああああ、私の話を聞かんかあああああ！」

アタルたちの行動を見た妖精王は更に苛立って、より大きな声を出す。

「だからうるさいんだよ！　もっと静かに話せ！」

アタルはハンドガンで妖精王の足元に何発か弾丸を撃ちこんで怒鳴りつける。

「うおっ！　危ないではないか……し、しかし、すまんかった。ついつい先ほどと同じ大きさで声をだしていた」

「お？」

「あら？」

謝《あやま》りながら頭を掻《か》く様子はどことなく可愛《かわい》らしく、アタルとキャロから自然と緊張感が奪《うば》われていく。

「ふむ、先ほど私の部下を倒したのはお主らのどちらだ？」

それは荒野《こうや》の妖精王も同様であるらしく、口調も落ち着いたものになっている。

「俺がやった。かなりの人数だったから戦力を削ろうと思ってな。ただまあ、気絶しているだけだから少し休ませれば目覚めるとは思うぞ」

それを聞いた妖精王は倒れている部下たちに視線をやり、彼らが息をしていることに気づく。

「なるほど……それほどまでに力の差があるということか。とりあえず殺さずにいてくれたことは感謝する。それと……お前たちは、早く起きんかあああ！」

律儀《りちぎ》に小さく礼を言った妖精王だったが、怒りの表情になると倒れた部下たちに気合を入れるため、雄叫びとともに地面を思い切り殴《なぐ》りつける。

そこを起点に、何かの力が地下を巡《めぐ》っていき、その力が倒れている妖精兵たちに向かっていき、身体《からだ》を突《つ》き抜けた。

「――かはっ！」

衝撃《しょうげき》が襲《おそ》い掛かった妖精兵は大きく息を吐《は》き出すと、そのまま目覚めて立ち上がっていく。

「はあ、はあ、はあ……」

強制的に起こされたため息を大きく乱しているが、倒れていた全員が覚醒《かくせい》していた。

「ふむ、全員に活が入ったようだな。貴様ら、すぐに動くことは難しいだろうから、端に寄っていろ！　動ける者は移動を手伝ってやれ！」

指示を出された妖精兵はすぐに行動に移り、荒野の妖精王の周辺はガランとして広い空間ができあがる。

それらが完了《かんりょう》すると、仁王立《におうだ》ちしている荒野の妖精王はアタルを見てニヤリと笑う。

「先ほどの貴様の攻撃は見事私の部下たちを倒すことができた。しかし、隠れた場所でこそこそと攻撃するのはやはり実に卑怯《ひきょう》だ！」

ふんぞり返っている荒野の妖精王は自分の言っていることに間違《まちが》いはないと強く信じており、アタルの遠距離《えんきょり》攻撃《こうげき》は卑怯以外のなにものでもないと断じている。

「なるほどな。まあ、あれが俺の戦闘スタイルだと、あんたの意見を突っぱねたいところだが、卑怯とまで言われると少しカチンとくる……だが、果たして近距離《きんきょり》戦闘《せんとう》でやったとして、あんたは俺に勝てるのか？」

本当はカチンとくるどころか、心は全く揺《ゆ》らいでいないアタルだが、あえて挑発《ちょうはつ》するためにこのような物言いをしている。

「……勝てるのか、だと？　その言葉そっくり返してやろう。貴様ごときが私に勝てるわけがなかろうがあああああ！」

荒野の妖精王が声とともに大地を強く踏みしめる。

ミシミシと音をたてて、地面には亀裂《きれつ》が入っていく。

「我は荒野の妖精王、名をティーガー！　覚えておくんだな、いくぞ！」

「俺はアタルだ。かかってこい」

気合十分で拳《こぶし》と拳をぶつけて無手で向かってくるティーガー、ハンドガンを二丁構えるアタル。

名乗りあった二人は、この一瞬《いっしゅん》で戦いに入ると互いに決めていた。

ティーガーは筋骨　隆々《りゅうりゅう》の身体であり、拳による近接戦闘を主にしている。

「ふん！」

その力は強く、繰《く》り出された拳からは衝撃波《しょうげきは》が放たれて、多少の距離をとったとしても無駄《むだ》であることをアタルに知らしめている。

振《ふ》り下ろされた拳は地面を砕き、風圧は離れている妖精兵たちをも吹《ふ》き飛ばす。

その威力《いりょく》にアタルたちを追いかけてきたカティは息を呑《の》んで、頬を一筋の汗《あせ》がつたう。

「カティさん、大丈夫《だいじょうぶ》ですよっ」

「――えっ？」

そんな彼女《かのじょ》にキャロが優《やさ》しく声をかけ、アタルのことを見るように視線で促《うなが》す。

アタルはティーガーの動きを完全に見切っており、全ての攻撃を余裕《よゆう》を持って回避《かいひ》している。

その姿は一見すれば防戦一方に見えるため、妖精兵たちは盛り上がっている。

しかし、冷静に状況を確認《かくにん》すると表情に余裕があるのはアタルで、ティーガーには焦《あせ》りが浮かんでいた。

「攻撃が当たってない、ですか？」

カティの言葉にキャロがそのとおりだと笑顔で頷《うなず》く。

アタルたちは訓練と称《しょう》してたまに簡単な組手などをするが、アタルは遠距離攻撃を主にしているにも拘《かか》わらず、近接攻撃を得意とするキャロやバルキアスの動きを完全に見切って、ほぼ互角《ごかく》に戦うことができていた。

「……くっ！　このっ、当たれ！」

いくら力があるとはいえ、動きの速さではキャロたちと比較《ひかく》して大きくランクの落ちるティーガーでは、アタルを捉《とら》えることなど不可能だった。

「なあ……そろそろ俺も攻撃してもいいか？」

避《よ》けるだけに徹《てっ》していたアタルは、部下たちを前に十分花を持たせたから、自分が攻撃に移ってもいいかとティーガーにあえて確認する。

「やれるものなら、やってみろおおおおおお！」

なかなか攻撃が決まらないティーガーは怒り任せに渾身《こんしん》の一撃《いちげき》を繰り出す。

それは大地を割り、まるで大きな地震《じしん》でも起きたのかと言わんばかりに大きく砕《くだ》くほどの強力な攻撃だった。

「いやあ、なかなか強いじゃないか」

だがこの攻撃にもアタルはなんら揺らぐことなく、割れた足場を軽々と跳躍《ちょうやく》して距離をとっていく。

「さ、やるか」

このまま距離をとった位置から攻撃をすれば、それこそティーガーの攻撃を完封《かんぷう》することも容易だが、先ほど卑怯だとさんざん言われたため、アタルはあえて再度距離を詰める。

「近づいてくるとは、舐《な》められたものだ！」

ティーガーは飛び込んできたアタルの動きに拳を合わせて顔面を狙い撃ちにする。

「さて、舐めているのはどっちかな？」

不敵な笑《え》みを浮かべたアタルは、その拳にハンドガンのグリップ部分を合わせて受け止めた。

双方の見た目での力の差を考えると、圧倒的《あっとうてき》にアタルが負けると誰もが思った。

それはここまでともにきたカティですら同様だった。

彼らが思《おも》い浮かべた光景は、細身のアタルが筋骨隆々の荒野の妖精王に吹き飛ばされてしまうものだ。

「アタル様がこの程度で負けるわけがありませんっ！」

『ガウ！』

『きゅー！』

彼の実力を知るキャロたちを除いて……。

「ぬ、ぬぬぬ……！」

「力で俺に勝てると思っているみたいだけど、俺もそれなりに力があるんだ、よ！」

ティーガーの攻撃を受けとめたアタルはそのまま力を込めて押し込み、ティーガーの姿勢を強引《ごういん》に崩《くず》した。

「これが俺の攻撃だ。わるいが、お前が近距離《きんきょり》じゃないと卑怯だと言ったんだからな？」

アタルは姿勢を崩して座り込むティーガーの身体に銃口《じゅうこう》を押しつけて弾丸《だんがん》を発射する。

装填《そうてん》しているのは相手の体内にダメージを与《あた》える衝撃弾《しょうげきだん》。

恐《おそ》らく気絶弾数発程度では、その効果を発揮することはこの男相手には難しい。

だからこそ、ティーガーが誇る肉体を越《こ》えて内部にダメージを与えるこの弾丸を選択《せんたく》した。

「ぐお！」

一発では少し声を上げる程度。

もちろんアタルの攻撃が一発だけで終わるわけはない。

「ほら、次だ、次、これも、こっちもだ」

アタルは細かいステップをきざんで、ティーガーの死角に移動し続けて、どんどん弾丸を撃ちこんでいく。

「ぐあああああああ！」

すぐに立ち上がって反撃《はんげき》しようと思っていたティーガー。

だがまるで巨大《きょだい》なハンマーで何度も何度も身体を叩《たた》きつけられているような感覚に襲われ、立ち上がることすらできずにいた。

ダメージが蓄積していくティーガーに対して、アタルは全くのノーダメージであり、今も涼《すず》しい顔で攻撃を続けている。

「ぐっ、ま、まさか、これほどとは……」

衝撃弾は見た目には大きな怪我を与えない。

しかし、体内へのダメージは大きく、苦しそうに息を吐くティーガーの身体の中はボロボロになっていた。

（そろそろいいか……弾丸装填）

「それじゃ、そろそろ倒れてくれ」

アタルは左右のハンドガンの銃口を二つとも、ティーガーの額にあてる。

「っ——こ、この！」

間合いに入られたため、慌《あわ》てて振り払《はら》おうとするが、アタルが引き金を引くのが一足早かった。

発射された弾丸は気絶弾。

ダメージを与えたこの状態であっても、気絶弾を一発二発撃ちこんだ程度では、ティーガーには効果がないことは最初からわかっている。

だから、アタルは全力でこの弾丸をありったけ撃ちこむ。

「眠《ねむ》れ！」

少しでも油断すると反撃される間合いの中、連射される気絶弾は一瞬で左右の弾倉《だんそう》が空になって、自動でリロードされる。

「これで……最後だ！」

最後の十二発を撃ち込み終わったところで、なんとか抵抗《ていこう》しようとしていたティーガーの腕《うで》がだらりと落ちて、その場に倒れこんだ。

「ふう、三十六発でやっとこれか……」

一発喰《く》らっただけで、妖精兵は気絶していた。

それを三十六倍にしなければティーガーを気絶させるに至らなかったことは、それだけ

この妖精王が化け物クラスの力を持っていることを表していた。

「さて、一番上が気絶して、少し前には王の側近の妖精兵たちも全員気絶していたはずだが……俺たちと戦うつもりがあるか？」

アタルは質問しながら、順番にうろたえている兵士たちの顔を見ていく。

この問いかけにイエスと答えられるほど豪胆《ごうたん》な者はおらず、全員が視線を落としていた。

「一応言っておくが、俺たちは別にあんたたちを全滅《ぜんめつ》させに来たわけじゃない。この荒野の妖精王と少し話をしたかっただけだ。でも、きっと普通に声をかけてもすんなりと話を聞いてくれるタイプではないだろ？」

このアタルの問いかけに、心当たりがあったほとんどの妖精兵が複雑な表情で頷いている。

「だから、まずはこっちの実力を見せておいたんだ。あとは、まあ、起きるまで休みながら待つとするか。キャロ、しばしの休憩だ」

「わかりましたっ！」

「いやあ、まさか王に勝つ者がいるとは、世界は広いですね！」

「遠くからの攻撃ですが、なにをされたのか全くわかりませんでしたよ！」

「ふむ、筋肉は少ないようですが、それでいて動きに無駄がなく力強さもある。うーん、鍛えるだけではだめなのか」

「こんなに強い人を見るのは初めてです！」

自分たちが付き従っていた王を圧倒的なまでにねじ伏《ふ》せたアタルに対して概《おおむ》ね好印象の者が多いのが見て取れた。

そうでない者たちも信奉《しんぽう》する王が負けてしまったことによる悔《くや》しさが原因であり、強さこそが正義である妖精王の下にいるからか、心の底からの悪意は持っていないようだった。

こうして荒野の妖精王ティーガーが目覚めるまでの間、アタルたちは妖精兵たちと話をしていた。


「――う、ううん、一体なにが……」

アタルたちと荒野の妖精王の部下たちが話に花を咲《さ》かせていたのを聞いて、荒野の妖精王が目を覚ます。

彼が気絶していた時間はおよそ三十分程度であり、あれだけ多くの弾丸を撃ちこまれてこの短時間で目覚めることができたのは、それだけ肉体が強靭《きょうじん》であるためだった。

「おぉ、目が覚めたか。思っていたよりだいぶ早かったな」

アタルが声をかけると、ティーガーはパチパチと何度も瞬《まばた》きをしながら、気絶するまでの記憶《きおく》を呼び起こしていた。

「………そうか、私は負けたのだな。長い妖精生の中でも、これほどまでに見事に、圧倒的なまでに負けたのは初めての経験だ」

のそりと身体を起こして胡坐《あぐら》をかいて座《すわ》るティーガーは、噛《か》みしめるようにつぶやく。

恨《うら》み言《ごと》でも言うのかとアタルたちは構えていたが、顔を上げたティーガーの表情はまるで憑《つ》き物《もの》が落ちたかのようにすっきりとしていた。

「確かアタルと名乗っていたな……強かった。お前のような強者に会ったのは初めてのことだ。感服したぞ！」

ニカッと笑ったティーガーは完全に負けを認め、アタルのことを自らより強い男であると称《たた》えていた。

「あぁ、それはよかった。遠距離攻撃がどうこう言っていたから、さっきの戦いのこともなにか言ってくるのかと構えていたが、状況理解と納得が早いのは助かるよ」

少し棘《とげ》を込めつつ、それでもこれで話を進められると、アタルは少しホッとしていた。

「あ、あれは……その、申し訳なかった。たとえ遠距離であろうとも、それだけ強力な力を使えるのはアタルの能力であり、本来なら認められてしかるべきだな。あの時は、部下たちが倒れていくのを見て頭に血がのぼってしまっていたんだ」

バツが悪くなったティーガーは反省したようにもぞもぞと頭を掻き、あぐらから正座に座り方を変えている。

「本当に、申し訳なかった」

その彼《かれ》はそのままの姿勢で深々と頭を下げた。

いわゆる土下座である。

「……おいおい、あんたは王様なんだろ？　だったら、そんな風に頭を下げなくていい。部下たちの手前、そんなことをするのは威厳《いげん》にかかわるだろ」

素直《すなお》に謝罪ができるのは大事なことではあるが、それでもこれだけ多くの部下を率いている人物が、彼らの前で見事なまでの土下座をするのはさすがに問題があるのではないかとアタルは考えていた。

「……うん？　いや、失礼なことをしたわけだから頭を下げるのは当然のことだろう？　それよりも我々に対して攻撃をしかけてきた。しかも、そっちの嬢《じょう》ちゃんはベルの側近のはずだ。つまり、俺《おれ》たちの動きを探《さぐ》るか止めに来たわけだ……兵を引き上げろというのであれば勝者であるアタルに従うから言ってくれ」

ティーガーは自分が負けた時点で軍としての敗北と判断しており、強さこそ正義の荒野の妖精王として、勝者の指示に従うのが当然だと考えている。

「そうだな……だったら質問に答えてほしい。なぜこのタイミングで戦いをしかけたんだ？　光の勢力は闇《やみ》とやりあっていて、そこにあんたたちが絡《から》んだらこの世界全体に混乱をもたらすだけだろ」

アタルは荒野側の挙兵理由がわからないため、素直に質問をぶつけることにする。

「あぁ、それはだな……その、なんというか、あいつが、ベルが不甲斐《ふがい》なさ過ぎるからだ」

ティーガーは少し恥《は》ずかしそうに視線を逸《そ》らしながら、理由を話していく。

「……あいつはもっとすごいんだ。どこぞの新勢力なんぞに負ける器じゃないんだ。だからあいつに一発活をぶち込んでやろうと思ったんだ。あいつが本当に腑抜《ふぬ》けてダメなやつになったんだったら、俺が光の勢力も率いてやってもいい、そう考えて兵を動かしたんだ」

これを聞いて、ますます対立するわけがわからなくなったアタルとキャロは少々困った表情で顔を見合わせる。

「つまり、なんだ、敵対して戦争を起こそうとしたわけじゃなくて、あくまで発破をかけようとした、もしくは共闘《きょうとう》しようとしていたってことなのか……？」

このシンプルなまでのアタルの要約に、ティーガーは無言で頷いた。

「はあ……まあ、とりあえず止まってくれたから良しとしておこう。それよりも、とりあえずこれ以上侵攻《しんこう》しないように和平でも結んでくれると助かるんだが……」

「あぁ、もちろんだ！」

アタルの提案に、ぱっと明るくなったティーガーは即答《そくとう》する。

「いや、まだ条件とかなにも話していないんだが……」

通常、和平を結ぶともなれば互《たが》いに条件を確認して、それに同意した末に締結《ていけつ》される。

しかし、ティーガーは条件を聞く前に頷いていた。

「俺たちはそちらにこれ以上侵攻《しんこう》しない。そっちは好きにしてくれ。攻《せ》めこんでくれば相手をするし、来なければこちらからはいかない——この条件でどうだ？」

光の勢力からすれば、敵対する軍が減るというのはありがたいことである。

しかも、無条件でそれを呑んでくれるのであれば、願ったりかなったりだった。

「それじゃ、こっちはカティがベルの代理ということで頼《たの》む。文書なんかが必要なのか？」

妖精《ようせい》の国での契約《けいやく》の仕方をしらないため、アタルが質問するが、これはカティが首を横に振ることで答えとする。

「我々の場合は、書面ではなく、妖精魔法《まほう》による契約が多いので、手のひらを合わせて魔法を行使します」

そこで近づいてきたカティがティーガーの前に立ってゆっくりと右手をあげていく。

ティーガーも慣れた様子でそれに合わせて右手をあげて、互いの手のひらが合わさった。

「荒野の妖精王ティーガーの名において宣言する。荒野の妖精王並びに、その勢力はあいつが光の妖精王でいる間は光の勢力へと攻め込まないことを誓《ちか》おう」

ふっと笑ったティーガーが宣言すると、二人の手のひらに赤い光が集まる。

「光の妖精王の代理カティが宣言する。我ら光の勢力は、荒野の勢力へと攻め込まないことを誓う。期間は光の妖精王ベルがいる限りとする」

静かに頷いたカティはティーガーの宣言に倣《なら》って宣言する。

すると、今度は青い光が二人の手のひらに集まっていく。

「「ここに、和平の契約は締結された」」

二人の声が揃《そろ》い、荒野の妖精王と光の妖精王の代理との間で和平が結ばれた。

第五話　救出作戦

その後、荒野の妖精王が得ている情報共有のためにカティの部下が残り、アタルたちは光の妖精王の城へと戻《もど》って行った。

「アタルさんたちはすごいですね……。偵察《ていさつ》だけのはずが、まさか和平締結まで持っていっていただけたとは……」

ベルはアタルたちが成した結果に驚《おどろ》いていた。

アタルたちが出発してからまだ数時間しか経過していない。

それにもかかわらず、最上の結果をもたらしたアタルたちは、現在の光の妖精兵たちにとってなによりの救世主となっていた。

「まあ、あいつらは闇の勢力が台頭してきたことと、ベルが結果を出していない現状に対してフラストレーションがたまっていたんだろうな。特に荒野の妖精王のティーガーがな」

アタルの言葉に、カティも彼の顔を思い出す。

最初は怒りという感情で埋《う》め尽《つ》くされていた彼だったが、アタルとの戦闘《せんとう》を終えたあとはそれがすっかり消えていた。

「俺とちょっとやりあったことで、それが少し発散できたから、最終的には物分かりも良くなって簡単にことが運んだんだろうな」

やれやれと肩《かた》をすくめたアタルはなんてことのないように話すが、カティは和平締結前の戦いを思い出して、額に汗を浮《う》かべている。

荒野の妖精王を相手にして、あそこまで一方的に勝利を収めたアタル。

しかも、あの戦いのことを『ちょっとやりあった』と表現していることを彼女はありえないと思っていたが、そんなことを言うのは救世主に対して失礼だと考えて言葉を飲み込むことにする。

「俺たちはとりあえず言われたとおり……とは言い難《がた》いが、仕事をしてベルに利益をもたらしたと思っている。今度はベル、そっちの番だぞ」

アタルがベルに求めていたのは、キャロの両親と思わしき二人の所在を確認すること。

この言葉にベルは厳しい表情で頷く。

この表情になっている理由は情報が集まらなかったからではなく、情報の内容にあった。

「お二人の所在は把握《はあく》できました。できましたが……」

言いづらそうにしているベルに、アタルとキャロは顔を見合わせる。

（まさか、怪我でもしているのか？）

（き、危険な場所にでもいるのでしょうか？）

嫌《いや》な予感を覚えた二人は視線を交《か》わし、再びベルへと視線を戻す。

「恐らくアタルさんとキャロさんが予想してらっしゃるとおりです。あのお二人は、現在北で行われている闇の妖精王との戦いの最前線にいらっしゃいます。闇の領域に侵攻《しんこう》している部隊とともに行動されていたのですが、退路を断《た》たれてしまっているようで、闇の領域に取り残されているようなのです。精鋭《せいえい》を送っていますので、すぐに部隊がどうにかなるというようなことはないと思われますが……」

硬《かた》い表情でそこまで言って口を閉じたベルの表情に影がさす。

キャロの両親がそんな危険な状況にあると伝えなければならないこと、その原因が光の勢力に加勢しているせいであること、その双方《そうほう》を心苦しく思っていた。

「でも、俺が知る限りではキャロの両親はかなり強いはずだ。それくらいの状況ならすぐに抜《ぬ》け出せるんじゃないのか？」

獣人国の王の話のとおりであれば、キャロの父親は獣力を使うことができるはずだった。

彼とともに旅を続けてきた母親もそれなり以上の実力をもっていると思われる。

そんな二人であれば、切り抜けて戻ってくるくらいは容易《たやす》いのではないかと、アタルもキャロも考えていた。

「通常であればそのとおりだと思います。ですが、闇の領域内では空気に含《ふく》まれる闇の魔《ま》力《りょく》がとても濃《こ》く、その影響《えいきょう》で本来の力を発揮することができないのです。闇と相反する属性である光の妖精兵はその力のほとんどを、獣人であるお二人でもかなり力を制限される状態になってしまい、満足に戦うことができないかと……」

二人はそんな光の妖精兵を見捨てて逃《に》げ出すような人物ではない。

ひとところにとどまっていれば彼らを守ることはできるかもしれないが、移動するともなればその難易度は格段にあがってしまう。

「つまり、二人は闇の領域内にいて窮地《きゅうち》に立たされている。しかし、光の妖精兵は闇の領域内ではまともに戦うことができないから助けに行くこともできないわけか……なるほどな」

アタルが状況をまとめると、ベルはそれに頷いて返した。

何も言いつくろうこともできず、ただそれが事実であるとしか伝えられない。

そんな自分をベルは悔しく思っていた。

「そ、そんな……」

それを聞いたキャロは口元に手を当てて、真っ青な表情で震えてしまう。

「キャロ、大丈夫だ。俺たちには戦う力がある。だったらなにをすればいいかわかるな？」

アタル、キャロ、バルキアス、イフリア。

この四人の力がどれだけのものなのか、キャロ自身が最も知っていることである。

アタルの言葉を聞き、そして三人の顔を見たことで気持ちが一瞬で奮い立つ。

そこには先ほどまでの泣きそうな弱弱しい姿はなかった。

「助けにいきますっ！」

なんの迷いもないキャロの言葉にアタルは笑顔《えがお》で頷く。

すぐそばで待機しているバルキアスとイフリアも当然だと頷いていた。

「み、みなさんのお力はカティからも聞いてはおりますが、それでも闇の領域内で行動するのは危険だと思われます……」

大きな仕事をしてくれたアタルたち。

そんな彼らが危険な場所になんの対策もなく足を踏《ふ》み入れようとしている。

ベルは闇の領域の恐ろしさを知っているからこそ見過ごすことはできなかった。

「ははっ、心配してくれてありがとうな。だけど、大丈夫だ……ちょっとやそっとの闇の力なんて、簡単に撥《は》ね除《の》けてやるさ」

安心させるようにふっと笑ったアタルはそう言うと、玄武《げんぶ》の力を右手に集める。

キャロは青龍《せいりゅう》、バルキアスは白虎《びゃっこ》、イフリアは朱雀《すざく》の力をそれぞれの右手に集めてベルへと見せる。

それらの力はただ強いだけでなく、神々《こうごう》しさを持っており、闇の力に負けないだけの神聖さを持っていた。

ベルにはアタルたちが神の力を持っていると話したことがある。

それでも、実際に見せることで、この力があれば大丈夫だと理解してもらおうとしていた。

「……わかりました。止めても無駄でしょうからこれ以上は言いません。ですが、地図による場所の確認と、カティを案内役として途中《とちゅう》まで同行させることを了承《りょうしょう》して下さい！」

この条件だけは絶対に呑んでもらうと、強い意志を持ってベルはアタルの目を見ている。

カティも、世話になったアタルたちの力になりたいと頷いている。

「わかった。西に向かった時もそうだったが、カティの案内は確実だから一緒《いっしょ》についてきてくれると非常に助かる。だができる限りでいい、無理はしないでくれ」

これにベルとカティの顔がぱっと明るくなった。

「そ、それではすぐに地図を用意しますね！」

それからベルとカティ、アタルたちによる作戦会議が開かれた。

その二時間後、アタルたちの姿は馬車の中にあり、すでに闇の領域に向けて出発してからだいぶ経《た》っている。

今回はカティも馬車に同乗していた。

城から北にのびている道を真っすぐ進んでいくと、北との境まで到着《とうちゃく》することができる。

この道がほとんど直線の一本道であるため、ベルは北の守りに特に力をいれていた。

「闇の領域に向かうのは初めてのことですが、恐らく近づけば一目でどこからが闇の領域なのかわかるはずです。魔力や妖精魔力《ようせいまりょく》を持たないものでも、空気の色の違《ちが》いは目視で確認できますから……」

それは彼女らからすれば比較的《ひかくてき》見慣れた光景であり、決して見慣れたくない光景でもあった。

「そろそろ見えてくるかと……」

道に勾配《こうばい》があり、やや上り坂になっているその道を越えると、途端《とたん》にその光景が広がっていた。

「なるほど、これは魔眼《まがん》を使うまでもなく、明らかに闇の領域だっていうのがわかるな。強い魔力を感じる……」

遠くを見ているアタルが答えたが、彼以外の三人もその光景には思わず息をのむ。

あるラインから向こう側の全《すべ》てがどんよりと暗い闇の力に飲み込まれていた。

「これはなかなか、働《はたら》き甲斐《がい》があるというものだ」

アタルはこの様子を見ても特に困っている様子もなく、むしろ望むところだというような表情をしている。

「あ、あの、このまま真っすぐ行ったところに小さな砦《とりで》がありまして、そこに獣人《じゅうじん》のお二人と妖精兵が籠城《ろうじょう》しています。私はこれ以上近づくことはちょっと難しく……」

カティは俯《うつむ》き加減で申し訳なさそうに言う。

自分たちの国のことなのに、ここからはアタルたちを頼《たよ》る以外に術《すべ》がない。

そのことを情けなく、悲しく思っていた。

「カティ、そんな顔をしなくていい。俺たちはあの向こうに行ってくるから、馬車を頼みたい。これは、俺たちがもらった大事な馬車だからな。留守にしている間に誰《だれ》かに持っていかれたなんてことは絶対に避けたいんだ。賢《かしこ》い馬だがよろしく頼む」

ここでアタルはあえてカティに役目を与えることで、彼女の負い目をなくそうとする。

「……アタルさんはお優しいのですね。わかりました、お任せ下さい！」

ふっと笑ったカティはアタルの真意を理解しつつも、一部の真実も含んでいることも理解して、馬車を必ず守ると凛々《りり》しい表情で顔を上げると、強く誓っていた。

「さて、俺たちはこのまま行こう。ただし、四神の力を身に纏《まと》わせていくぞ。それなら闇の魔力は防げるはずだからな」

手本を見せるようにアタルは玄武の力で身体を覆《おお》う。

「了解《りょうかい》ですっ！」

アタルに倣うようにキャロも青龍の力で身体を覆っていく。

バルキアス、イフリアも同様に白虎と朱雀の力を発動させる。

「すごい……あの力なら闇の領域でもきっと行動できるはずです」

カティは既《すで》にティーガーとの戦いでアタルたちの力の一端《いったん》を見ている。

しかし、それは彼らが持つ力のほんの一部でしかないことを感じ取り、今起こっている戦いもアタルたちならばなんとかなるかもしれないと希望を抱《いだ》いていた。

カティに見送られたアタルたちは先を行く。

神の力を使ってはいるが、実際にどんな影響がでるのかわからないため、ゆっくりと闇の領域へと足を踏み入れる。

闇の領域は、本来一般的《いっぱんてき》な能力の妖精兵であれば、一歩入っただけで全身に重さを感じてしまうほどの影響をもたらす。

荒野《こうや》の妖精王のところにいるような屈強《くっきょう》な妖精兵であったとしても、身体がかなり重くなり、まともには動けなくなってしまう。

「やっぱり俺たちにはなんの影響もないみたいだな」

そんな中、四神の力を身にまとったアタルたちは影響がないことがわかると、そこからは意にも介《かい》さず、すたすたと進んでいた。

薄暗《うすぐら》い闇の領域で先頭を歩くアタルは身体を軽く動かして、指を閉じたり開いたりして動きを確認するが、普段《ふだん》と変わらない感覚で身体を動かせている。

「ですねっ、私も問題ありませんっ！」

キャロも軽く飛んでみたり、武器を振るってみたりしているが、なんの影響もなく動けているようだった。

『いい感じだね！　白虎の力が身体に馴染《なじ》んできてるし、動きやすいかも！』

『うむ、朱雀の力もかなりいい調子だ』

全員が問題ないことを確認するとアタルは視線を前に向ける。

地図でも確認していたが、ここから真っすぐ進んだ場所に、キャロの両親のいる砦がある。

（やっとキャロとの約束が果たせるな……）

口には出さないが、そのことはアタルの気持ちを高揚《こうよう》させていた。

「お父さん、お母さん……今、いきますっ！」

キャロも走りだしたい気持ちが溢《あふ》れそうになるが、その気持ちをなんとか押《お》し込めているような状態だった。

「キャロ……あれを見ろ」

声を潜《ひそ》めたアタルの視線の先には十人くらいの闇の妖精兵の姿があった。

闇の、とすぐにわかったのは、彼らの服装が黒や紫《むらさき》をベースにしており、更《さら》には身体《からだ》を闇の魔力が覆っていたためである。

「放っておけばお父さんたちのところに行ってしまうかもしれませんっ」

そんな彼らに対して、キャロは危機感を持っており、なんとかしたい気持ちを視線にこめてアタルを見る。

「大丈夫だ、わかっている。俺もあいつらをそのまま行かせるつもりはない。ただ、あいつらがどんな状況《じょうきょう》なのかわからないから、なるべく気絶させていくぞ」

「はいっ！」

キャロは返事をすると、静かに、だが素早《すばや》く走り出す。

「いきますっ！」

もう背後に迫《せま》ろうといったところで、キャロの存在に気づいた闇の妖精兵が振り返ったが、既にキャロは攻撃《こうげき》の射程圏内《しゃていけんない》に入っていた。

「せいっ！」

まずは手前にいる闇の妖精兵に一撃。

その隣《となり》、その隣と、相手がキャロを敵と認識《にんしき》して体勢を整える前に、その全てを無力化していた。

「おー、さすがだ」

アタルはその動きの良さに感心している。

両親のもとへ早く駆《か》けつけたくて焦る気持ちが募《つの》る状況にもかかわらず、冷静に、かつ的確に倒《たお》していく姿は見事なものだった。

「ここから先、同じようなことがあると思うが闇の妖精兵は殺すなよ」

これはバルキアスとイフリアに向けた言葉であり、二人も承知していると頷く。

「それじゃ、俺たちも……行くぞ！」

『ごーごー！』

『いくぞ！』

それを確認するとアタルはキャロに続くように走っていく。

バルキアス、イフリアの二人もそれに続く。

それからの道中で、何度か闇の妖精兵の小部隊と遭遇《そうぐう》することがあったが、四人が交代で撃破《げきは》していくことで、さほど時間をかけずに目的の場所へと到着することができた。

「これは……まずいな」

しかし、その砦の状況を見てアタルが呟《つぶや》く。

敵は闇の妖精兵だけだと思っていたが、砦は多くの魔物《まもの》によって取り囲まれていた。

「な、なぜ魔物がいるんでしょうか⁉」

今回の戦いはベルたち光の勢力と闇の勢力の戦争であると聞いていた。

つまり、砦を攻撃するとしても妖精兵しかいないと考えていた。

しかし、砦を取り囲んでいるのはそのほとんどが魔物だった。

狼《おおかみ》、熊《くま》タイプの向こうの世界ではよく見かける魔物。

それ以外にも、大きなハチやカマキリなどの昆虫《こんちゅう》系の魔物。

更には、オーガ、ゴブリン、スライム、キマイラなど、多種多様の魔物がそこにはいた。

魔物は闇の領域でも特に問題なく行動しており、砦を囲むようにうごめいている。

「まさかとは思うが、妖精兵が魔物を使役《しえき》しているのか？　そんなの今まで見た中ではなかったはずだが……」

光の妖精兵、荒野の妖精兵、そのどちらも魔物使いやテイマーがいるような姿はみられなかった。

「なんにせよ、魔物相手なら遠慮《えんりょ》することはない。一気に片づけるぞ！」

『承知したあああ！』

アタルの言葉に即座《そくざ》に反応したのはイフリアだった。

『僕《ぼく》もいっくよおおおお！』

そして、バルキアスも全力で走り出す。

ここまでの道中では、主にアタルとキャロが活躍《かつやく》していた。

細かい力の調整をするのは難しいため、あえて二人に任せることで確実に殺さない方法をとっていた。

しかし、戦いという自分たちが輝《かがや》ける部分で、なにもできなかったことはやはり二人にストレスを与えていたようで、それを発散する機会とあって飛び出していく。

『ここは通さんぞ！』

一瞬《いっしゅん》で身体を大きくしたイフリアは砦の正門前に立ちはだかって、中への侵入《しんにゅう》を阻止《そし》する。

『僕は後ろからあああ！』

バルキアスは自身で宣言したとおり、魔物たちを後方から攻撃していく。

白虎の力を身に纏って、身体を大きく見せ、そのままの勢いで次々に魔物たちを弾《はじ》き飛ばしていく。

単純な力業による攻撃は魔物たちに反応する隙《すき》を与えずに、バルキアスがとおったあとには道ができ上がっていた。

「いいぞ！」

そのあとをアタルがついていき、ハンドガン二丁で魔物の頭部を撃《う》ち抜いていく。

「二人ともナイスですっ！」

キャロはバルキアスとアタルが撃ち漏《も》らした魔物の中でも、特に大きな魔物に狙《ねら》いを絞《しぼ》って攻撃していく。

これは、砦に籠城している面々が出て来た際に、少しでも強力な戦力を減らしておいたほうがいいだろうという判断だった。

魔物たちが混乱しているうちにどんどん倒していく戦い方は、先ほどキャロが闇の妖精兵相手にも見せたものであり、この場においても実に効果的な手段である。

「な、なんなんだ！」

魔物たちを引き連れている闇の妖精兵の一人がアタルたちを見て困惑《こんわく》している。

この闇の領域では、彼ら闇の妖精兵と魔物以外は動きが制限されてまともに戦うことはできないと聞いていた。

そのはずなのに、突如《とつじょ》現れた敵対者たちからはそんな様子は見られず、次々に魔物がやられている。

アタルたちが現れてからここまで、わずか数分程度しか経過していないが、たった四人相手に、既に魔物の三割ほどが倒されていた。

「な、なんなんだよ！」

闇の妖精兵は同じようなことしか言えずにいる。

それほどまでに、虚《きょ》を衝《つ》かれた襲撃《しゅうげき》であり、その勢いはすさまじいもので、こんなことが起こるとは全く予想していなかった。

『ぐおおおおおおお！』

元のサイズに戻ったイフリアは、その巨体《きょたい》についている尻尾《しっぽ》で魔物たちを薙《な》ぎ払う。

イフリアが放つ威圧《いあつ》感に魔物たちは近寄ることができず、徐々《じょじょ》に徐々に砦から距離《きょり》をとっていた。

一方、砦内ではアタルたちの戦いを確認《かくにん》して騒《さわ》がしくなっていた。

「報告！　外を包囲している魔物たちが次々に倒されています！」

「報告！　砦の前に巨大《きょだい》なドラゴンが立ちはだかって魔物の接近を阻止しています！」

「報告！　魔物のおよそ半数が撃破されました！」

外の監視《かんし》をしている妖精兵から、かわるがわる報告が入ってくる。

そのどれもが信じられないものであり、ついに幻《まぼろし》が見えたのではないかと偵察部隊の報告を疑う声があがっている。

「我々は幻を見せられていません。お聞きください、この声を！」

耳を澄《す》まさなくても、外からは魔物の断末魔《だんまつま》、なにかわからないが魔物の雄《お》たけびなどが聞こえてくる。

なにかが起こっている、それだけは全員の耳に届いていた。

「……これはチャンスだ。外にいるのが我々の味方なのか敵なのかはわからない。だが、混乱状態にあるのは確実だ！」

これはウサギの獣人男性の言葉だった。

砦にこもるしかできなかった時には、さすがの彼ももう終わりかと覚悟《かくご》を決めていた。

しかし、明らかに外に変化が起こっている。

動くなら今しかないと彼は判断する。

既に妖精兵の部隊長は戦いの最中に亡《な》くなっており、この場では彼が指揮官を担当していた。

「そうです、今を逃《のが》したら二度とこんな機会はないかもしれませんよ！」

同じように、美しい女性のウサギ獣人もみんなの気持ちを鼓舞《こぶ》していく。

砦に残されている食料はわずかであり、現在の人数でこのまま立てこもっていては、長くても三日程度しかもたないという試算が出ている。

なんとか現状を打破する方法がないかと考えを巡《めぐ》らせていたが、まともに動けない妖精兵と、動けても負荷《ふか》がかかって身体に重さを感じている自分たちではどうにもできないと思っていた。

「今の指揮官は私だ。私が君たちのことを隊長から託《たく》された。だから反対意見は受けつけない。私の命令でみなに外への脱出《だっしゅつ》、および外の魔物への突撃《とつげき》を命令する！」

厳しいことを言っていると理解している彼は、あえて強い言葉を選んで全員に指示していく。

それは全員でここを抜け出すという強い決意の表れであり、責任は決断を下した自分にあるということを明確にさせていた。

「「「「…………」」」」

しばしの沈黙《ちんもく》。

答えは急がせない。

その間にも外からは戦いの声が聞こえてくる。

「……私は彼に従う」

最初に口を開いたのは、この部隊で最も古株の妖精兵だった。

彼はベテランであり、その彼が指示に従うと答えたのであれば他の兵士たちはそれに反対する理由がなかった。

「みんな……よし、みんなの命は私が預かる。私と妻が最初に飛び出す。みんなはあとからついて来てくれ。動ける者から先に、辛《つら》い者は後ろからくるんだ……武運は我らにあり！　いくぞ！」

「「「「おぉ！」」」」

剣《けん》を掲《かか》げるウサギ獣人の夫婦《ふうふ》を先頭に、光の妖精の一団は一縷《いちる》の望みをかけて外に打って出ることとなった。


「――あっ、アタル様っ！　門が開きます！」

魔物の侵入を防いでいるイフリアの後方にある門。

そこは先ほどまでは魔物たちの侵入を許すまいと固く閉じられていた。

それがゆっくりと開かれていく。

「彼らが逃げられるように道を確保するぞ！」

「はいっ！」

立てこもっていた人たちが出てくることを察したアタルの言葉に、力強く返事をするキャロ。

自分たちが少しでも多くの魔物を倒すことで、両親、そして彼らとともにいた妖精兵の命が繋《つな》がれていく。

そのためならば、自らの身体を襲《おそ》う疲労《ひろう》感も、魔物を斬《き》ったことで飛んでくる体液も全く眼中にはない。

とにかく魔物を倒す、その一点に彼女《かのじょ》は集中していた。

「うおおおお、魔物を倒せえええええ！」

その時、力強い声とともに砦から部隊が飛び出してくる。

ぴんと立った耳を持つその先頭の獣人が仲間の妖精兵たちに声をかけながら部隊を率いている。

幼いころに生き別れてからというもの、キャロはずっと両親と会っていない。

顔も、声も、雰囲気《ふんいき》すら覚えていない。

全くといっていいほど、両親に対する思い出がない。

名前や自分と同じウサギの獣人であることは情報として知っているが、それだけだった。

だが、妖精兵を率いている隊長らしき人物の声が耳に届いた瞬間《しゅんかん》、胸にこみあげる熱いものに背中を押されるように、慌《あわ》ててそちらを振《ふ》り返った。

そこにはたくましいウサギの男性獣人の姿があり、先陣《せんじん》を切って外に飛び出してきた彼は自身が使っていた獣力を身にまとい、鋭《するど》く剣を振るって魔物を倒している。

その彼の隣ではそんな彼をサポートするようにウサギの女性獣人が矢を放っている。

「あ、あぁ……」

その姿を見たキャロは全ての動きを止めて、その場に立ち尽くしてしまう。

二人のことは覚えていないはずなのに、それでも心が打ち震《ふる》えるのを感じていた。

「お、おとう、さん……おかあ、さん……」

ずっと会いたかった人がすぐそこにいる。

でも、今の自分が駆け寄ってもきっとわからないだろうとも思っていた。

それでも声をかけたい、でも、そんなぐちゃぐちゃになった気持ちが心の中に渦巻《うずま》いているキャロは、二人の姿に目を奪《うば》われ、立ち尽くし、それ以上武器を振るうことができなかった。

「バル、守れ！」

『わかった！』

アタルはこの可能性があることは織り込みずみであり、キャロに近づく魔物を優先して撃ち抜いている。

更に、バルキアスを守りにつけることで彼女の安全を確保していく。

「イフリア、遊撃《ゆうげき》で動いてくれ！」

『承知した！』

砦を守る必要がなくなったイフリアには、自由に動いてもらい、魔物たちを倒していってほしいと指示を出す。

妖精兵たちも、短い時間であれば攻勢《こうせい》に出ることができているため、短期集中し、全力で動いて魔物たちの数を減らしていく。

「キャロ！」

その隙をついて、アタルはキャロのもとへと駆け寄った。

アタルの遠距離《えんきょり》攻撃《こうげき》とバルキアスの守護によって、呆然《ぼうぜん》と立ち尽くすキャロは一度として攻撃を受けることなく無事でいる。

「――キャロ、俺《おれ》を見ろ」

アタルはキャロの頬に手をやり、少し強引《ごういん》だったが、無理やり自分の方向に顔を向けさせる。

「心の問題だ。どうしようもないのはわかる……だが、今はそれでも動いてくれ！　すぐそこにいるんだ！　やっと会えるから不安なのもわかる！　だけど、立ち止まったらだめだ、なにがあっても俺たちはずっと一緒にいる！」

これまでずっと一緒に旅をしてきたアタルの言葉が、キャロの心を揺《ゆ》り動かす。

「……本当、ですよ？」

涙《なみだ》でゆがむように苦笑いをしながらキャロがアタルに確認をしてくる。

「本当だ！」

力強く返事をしながら、アタルはハンドガンで近寄る魔物を倒している。

魔物を操《あやつ》っていた闇《やみ》の妖精兵はイフリアたちが既に気絶させており、魔物たちは統制がとれなくなっていた。

烏《う》合《ごう》の衆と化した魔物たちは、気ままに動きたいように動いており、そんな魔物たちはアタルたちの相手ではない。

それでも、キャロが戦えるのとそうでないのとでは、雲泥《うんでい》の差が出てしまう。

「っ……アタル様、ありがとうございますっ！　私、まだ戦えます！」

悲願だった再会を前に立ち止まりかけていたキャロの瞳《ひとみ》に力強さが戻り、戦いに戻っていく。

アタルたち四人の力は強大であり、そんな彼《かれ》らが十全の力を発揮することができれば、戦闘もあっという間に終息へと向かって行く。

それからわずか三十分程度で、ほとんどの魔物を倒しおわり、それ以外の魔物たちも指令系統をなくして散り散りになってどこかへと逃亡《とうぼう》していった。

「ふう、なんとか終わったな」

「はいっ！」

アタルたちはとりあえず砦の前へと集合し、籠城していた面々も自然とそこに集まってきた。

「ありがとう、本当に助かった！」

「君たちは救世主だ！」

「死を覚悟していたのに、まさかこうやって再び生を実感することができるなんて……」

闇の領域は闇の妖精たちがいなくなったことで淀《よど》んだ空気が少し和《やわ》らいでいた。

いまだ表情はすぐれないが、彼らはアタルたちへの感謝を伝え、こうして無事に戦いを終えられたことへの実感のなさを味わっていた。

そんななか、隊長であるウサギの獣人の男性とその妻も遅《おく》れて砦の入口へとやってきた。

二人は砦の前にいるキャロの存在に気づいて驚き固まっていた。

先ほどまでの二人は魔物との戦いに精一杯《せいいっぱい》であり、他に気を回す余裕《よゆう》がなかった。

しかし、キャロの姿を見たことで様々な思いが胸に押し寄せてきている。

あれは私たちと同じウサギの獣人ではないか。

見た目と年齢《ねんれい》から考えてもしかして我《わ》が子ではないのか。

でも、キャロはあの時に死んでしまったはずだ。

まさかあの状況の中、なんとか一人で生きていたのか。

いや、でもそんなはずがない。

だが、娘《むすめ》の面影《おもかげ》があるのを感じる。

それでも、違うかもしれない……ここにきて都合のいい幻を見せられているのではないか。

信じたい、信じられない。でも信じたい、そんなわけがない。

二つの思いが二人の心の中で激しくぶつかりあっていた。

そんな二人にキャロも気づいていたが、なにも言ってくれないのを見てキャロもどうしていいかわからずに戸惑《とまど》っている。

「――キャロ、行ってこい」

そんな彼女の背中を押したのはやはりアタルだった。

「もし、なにか言われてどうしても辛くなったら走って俺のとこに帰って来ればいい。さっきもいったが、なにがあっても俺たちは味方で――お前の家族だ」

「はいっ！」

泣きそうになりながらもしっかりと笑顔で頷《うなず》いて返事をすると、キャロは二人のもとへと駆け寄っていく。

なんて言えばいいのか、自分のことをわかってくれているのか。

そんな不安はもちろん今もあったが、アタルたちの存在に励《はげ》まされたキャロはそれでもと自らを奮い立たせて二人に近づいていき、声をかける。

「……あの、その……私は、キャロですっ」

とにかく自分が何者であるのか、それを伝えなければ始まらない。

そう思って、緊張《きんちょう》から声が震えながらも、しっかりと二人の方を見て、名乗ることから始める。

「うぅっ……」

その言葉だけで、驚愕《きょうがく》の表情を浮《う》かべていたウサギの女性獣人の目から涙が溢れてくる。

「ほ、本当にキャロ、なのか？」

「……はい、そうですっ。お二人の名前を……お聞きしてもいいですか？」

あふれ出るいろんな感情にどんな顔をしていいかわからなくなっているキャロは、耳に入ってくるウサギの男性獣人の優《やさ》しい声に打ち震える胸を押さえて、目に涙を浮かべながら、それでもそれが零《こぼ》れ落ちないように耐《た》え、絞り出すように二人に質問をする。

「あ、あぁ、そうだったな。私はジークルト……いや、それは仮の名だ。私の本当の名前はジークムート。こっちの泣いている彼女はハンナだ」

勇気を振り絞ってくれた我が子の成長に心を震わせながら、ジークムートは隣にいるウサギ獣人の妻の背中に手を当てて名を告げる。

その名前を聞いた瞬間、キャロは堪《こら》えきれず、涙がボロボロと零れ落ち始めた。

「あ、あう……！　お、お父さん！　お母さん！　う、うぅっ……！」

一度流れ始めた涙はもう止めることができない。

漏れ出る嗚咽《おえつ》の中、とめどなくあふれる涙のせいで目の前が見えなくなる。

「あぁ……！　キャロ、キャロ！」

涙で顔を濡《ぬ》らしたハンナは我慢《がまん》できないといった様子で飛び出すと、キャロへと駆け寄って抱きしめる。

長い年月という壁《かべ》は、あっという間に打ち砕《くだ》かれた。

「おかあさあああああんっ！」

ハンナに抱き寄せられると、記憶《きおく》がなくても身体が母親のぬくもりを懐《なつ》かしいと感じ取っている。

その温かさに、感情が一気にあふれ出したキャロの喜びの声が響《ひび》き渡《わた》る。

「キャロ、キャロおおおおぉ！」

しっかりとキャロを抱きしめるハンナの声も同じように痛いくらいの喜びに満ちていた。

「ほ、本当に、キャロ、キャロだ！　あ、あぁぁああ……」

抱き合う二人を見て、ジークムートの胸はかつてないほどに熱く震えた。

ずっと昔に失ったと思った大事な一人娘《ひとりむすめ》。

それが、妖精《ようせい》の国などという普通《ふつう》ではたどり着くことができない場所に現れた。

最初は追い詰《つ》められたが故《ゆえ》の幻かとも思った。

だが目の前にいるキャロは確かに自分の娘だと魂《たましい》が叫《さけ》んでいた。

「……神よ、感謝します」

ジークムートは天をあおぎ、静かに涙を流しながら祈《いの》るように感謝を口にする。

そして、彼もゆっくりと二人のもとへ行き、そのまま優しく抱きしめていく。

「よかった――キャロ、よかったな……」

遠くで見守っていたアタルもその光景を見てホッとしていた。

彼は出会ったばかりのころ、キャロになにか希望がないかと尋《たず》ねた。

アタルがこの世界に来て、最初に旅のともとして決めたキャロ。

そんな彼女の望みをかなえてやりたかった。

そして、彼女は悩《なや》みに悩んで、両親に会いたいと答えた。

それから二人はここまで、ずっと長い、長い旅を続けてきた。

キャロはずっとアタルのことを支えようとしてくれてきた。

そして、今では大事な仲間であり家族であり、守ってあげたいと思わせる存在にまでなっている。

ここにきてついにそんなキャロの希望を叶《かな》えることができた。

(あぁ、本当によかった。キャロが両親に会うことができて……)

キャロが泣いている姿を見て、アタルは本当にやり遂《と》げることができ、肩《かた》の荷が一つ降りたと、胸が満たされていく感覚を覚えながら、そう感じていた。

「……っ」

いつも冷静で決して涙を流すことなどなかったアタルの胸も熱く震えている。

「キャロ、ごめんね。守ってあげられなくてごめんね！」

「ずっと、ずっと後悔《こうかい》してきた……！　戦う力は持っていたのに、大事な娘を守ることができなかったことを——本当にすまなかった！」

涙でぐしゃぐしゃになりながら、両親はキャロへの謝罪を口にする。

「いいんですっ、こうやってまた会うことができたからっ！　お父さん、お母さん、ずっとずっと会いたかったですっ！」

涙を流しながらも二人に会えたことが一番大事だとキャロは言う。

ここに来るまでに辛いこともあった。

幼くして一人になってしまい、心が張り裂《さ》けそうになるくらい悲しいこともあった。

なんで自分だけがこんな目にあわなければならないのかと両親を恨《うら》んだこともあった。

それでも、こうやって会うことができただけで、そんな過去の想《おも》いは全てふきとんでいた。

それからしばらくの間、この場にいる全員がキャロたちのことを温かく見守っていた。

落ち着いた三人はアタルのもとへとやって来る。

「あ、あの、アタル様っ。両親を紹介《しょうかい》したいのですが……」

そう言って、キャロが二人を連れてきたが、ここでアタルは色々考えてしまう。

（これはまずくないか？　大事な娘が得体の知れない男のことを様づけで呼んでいるなんて、意味が分からないだろ。どうみても俺は貴族なんかじゃないし、年齢だってそこまで高いわけでもない……これは、どうにも……）

悪いことをしているつもりはないが、一般《いっぱん》常識を考えると、アタルは気まずかった。

アタルにしてみれば、キャロを奴隷《どれい》として買ったものの、そこから解放している。

そして、今は仲間として互《たが》いに認め合っている。

だが、それはこれまで関係を培《つちか》ってきた二人だからこそわかるものであり、彼女の両親にそれを伝えるにはどんな言葉を選べばいいのか、アタルは悩んでいた。

「アタルさん……どうも、キャロの父のジークムートといいます。これまで娘のことを大事に守ってくれたようで、深く感謝します」

しかし、アタルの心配をよそに、穏《おだ》やかな笑《え》みを浮かべたキャロの父ジークムートはなんの疑問も持っておらず、アタルにただ感謝しているという風であった。

「ハンナです。キャロと会わせてくれて、本当にありがとうございます」

それはキャロの母ハンナも同様で、赤くなった目元を柔《やわ》らかく緩《ゆる》め、笑っている。

キャロが大人になったらこんな女性になるのだろうというほど、二人はよく似ていた。

「ふふっ、アタル様やバル君、イフリアさんのことは二人に話しておいたんですよっ」

「なんだ、そうだったのか……はあ、杞憂《きゆう》だったようでよかった。とりあえずこっちも自己紹介をしておくか……俺の名前はアタル。一応冒険者《ぼうけんしゃ》をやっている。キャロとはここまでずっと一緒《いっしょ》に旅をしてきた」

アタルが自己紹介を終えると、それにバルキアスが続く。

『ガウガウ！』

先ほどの戦闘《せんとう》中に話してはいたが、多数の妖精兵もいる場所であるため、一応人語は避《さ》けていた。

『きゅー』

イフリアも同じように頭をペコリと下げて挨拶《あいさつ》をする。

「……とりあえず、砦の中に入って少し休もう。さっきの戦いで全員がかなりの負担を負ったはずだ」

さすがに外で話すのも落ち着かず、またアタルたち以外は未《ま》だ残る闇の魔力《まりょく》の影響《えいきょう》を受けてしまっているため、ひとまず中に入ることをアタルは提案する。

「そうですねっ」

キャロはもちろん同意してくれるが、キャロの両親の表情はすぐれない。

「しかし、中で話している間に先ほどのような状況になってしまうのでは……」

これは指揮官としてのジークムートの懸念《けねん》だった。

せっかく籠城《ろうじょう》から脱《だつ》したばかりの彼らにとって、再び中に戻《もど》るのには少し抵抗《ていこう》があるようだった。

「あぁ。念のため、外はバルとイフリアに守ってもらおうと思う。頼《たの》めるか？」

『ガウ！』

『きゅー！』

もちろんだと、二人は返事をすると砦《とりで》から少し離《はな》れた場所で待機する。

「二人ともすっごく強いから大丈夫《だいじょうぶ》ですっ。お父さん、お母さん、中に行きましょうっ！」

キャロが二人の手をとって中へと誘導《ゆうどう》していく。

中に入った二人、そして光の妖精兵たちは驚《おどろ》いた。

闇の領域に入ってからずっと身体の不調を感じていた。

しかし、砦の中に入った途端《とたん》、それらは嘘《うそ》のように消えて、身体が軽くなっていた。

「あぁ、砦の周囲に光の魔法弾《まほうだん》を撃ち込んで闇の魔力を中和するようにしたんだ。さすがに永続的な効果とはいかないが、しばらくはもつはずだからみんな身体を休めてくれ」

このアタルの発言に、ここまで苦しんでいた光の妖精兵たちはざわめき立つ。

ずっと闇の領域の影響下にいたため、久しぶりの解放感に心からホッとした様子だった。

キャロの両親は、アタルというキャロの恩人の底の知れなさに驚いていた。

「ここには部屋もいっぱいあるみたいだから、みんなしばらくは各自で休憩《きゅうけい》していこう。さすがに俺もずっと力を発動したままだったから疲《つか》れた……休ませてもらおう」

アタルはそう言うと、適当な部屋に入ってそこで休憩をとることにした。

現状でイニシアティブを握《にぎ》っているアタルが率先《そっせん》して休憩をとることで、他のみんなにも休憩をとりやすくしていた。

あんな状況下から救い出してくれた彼らが傍《そば》にいてくれるのならと妖精兵たちは久しぶりに落ち着いて体を休められていた。

そして、キャロたち親子も一室を借りてそこで話をすることにした。

「ふう……。キャロはすごい人と一緒に旅をしてきたようだね」

「それに周りが見えていて、とても素敵《すてき》な人ね」

感心したように息を吐《は》くジークムートはアタルの実力を、嬉《うれ》しそうに微笑《ほほえ》んでいるハンナは彼の人柄《ひとがら》を褒《ほ》めている。

「そうなんですっ！　アタル様はすごいし、とっても素敵な方なんですっ！」

両親がアタルを認めてくれたことが嬉しかったキャロは、拳《こぶし》を作って立ち上がると、頬を紅潮させている。

そんなキャロのことを二人は微笑ましく見ていた。

そんな視線に気づいたキャロは恥《は》ずかしそうに座《すわ》ると、次の話に移る。

「――そうだ、昔のことを聞いてもいいですか？　村が襲われた時に二人はどうしていたのか。強いはずの二人がどうして盗賊《とうぞく》にやられてしまったのか。あれからどうしていたのか。……あっ、えっと、その……！　別に責めているとかではなくて、ただ二人がどんな旅をしてきたのか聞きたいなあって思ったので……」

久しぶりの再会に話したいことがいっぱいあったキャロは質問をしながらも、二人がこの問いかけを負担に感じてしまったのではないかと思い、申し訳なさから最後の方は声が小さくなって力なく肩を落としてしまう。

「……そうだね、キャロには知る権利があるし、あの時になにがあったのか知っておいてもらいたい。少し、昔話をさせてもらおうかな」

ジークムートは成長したキャロの髪《かみ》を優しく撫《な》でると、話をする姿勢をとる。

「私の父――つまりキャロのおじいちゃんは厳しい人で、貴族の血統を大事にする人でもあったんだ。そんなおじいちゃんは私とお母さんが恋仲《こいなか》にあるのを知ると、なんとか別れさせようと色々画策していてね……」

それは辛い過去だったが、ジークムートは思い出を語るように優しい口調で説明していく。

「城の中では自由に会うことができなかった私たちは、少し離れた場所にある村で部屋を借りることにした。そこで、夫婦として過ごす時間を徐々に増やしていったんだ。もちろんおじいちゃんにはばれないように色々とアリバイ工作をしてね」

ウインクしながら言う父は、いたずら小僧《こぞう》のような茶日《ちゃめ》っ気《け》を見せる。

もちろん城と村での二重生活は容易なことではなかったが、それでも二人は互いを心から愛《いと》しいと思うからこそ、そんな状況《じょうきょう》下でも当時の生活を幸せなものだと思っていた。

そして思い出をこんなふうに明るく話すことができている。

「そんななかで母さんがキャロを身ごもったことがわかって、母さんは仕事を続けるのが難しくなっていって、城を辞《や》めることにしたんだ。お腹《なか》が大きくなったのがばれれば、揉《も》めるだろうからね。その後は、おじいちゃんにばれないようになんとか過ごすことができて、村の人の協力もあってキャロは無事に産まれることとなったんだ……いやあ、キャロはちっちゃい頃《ころ》から可愛《かわい》かったなあ」

思い出したジークムートの表情が大きくほころんでいる。

彼らにとってもあの頃は幸せの絶頂にあった。

「だが、そのことがついにおじいちゃんにばれてしまった……」

ここでジークムートの表情に影《かげ》がさし、ハンナも俯《うつむ》きながら肩を落としている。

「あの日、私たちは城下町に買い物に行っていたんだ。そこを城の騎士団《きしだん》に連行されそうになった。当時の騎士団は歴代最強といわれていて、かなりの実力者が揃《そろ》っていた。私たちは彼らと戦いながら村に向かおうと、なんとか切り抜《ぬ》けようと必死だった」

それでも二人が無事なのを考えると、その場を実力で乗り切ったことがわかる。

「街には私たちの協力者もいたから、彼らの助力もあってなんとかその場を突破《とっぱ》することに成功して、慌てて村に戻った……だけどそこはまるで地獄《じごく》のようだった」

不幸とは重なるもので、ジークムート、ハンナ夫妻が騎士団に襲われた日は、ちょうど村が盗賊団に襲われた日と同じだった。

「村人たちの悲鳴が聞こえてきた。私たちが到着《とうちゃく》した時は盗賊たちに蹂躙《じゅうりん》されている真っ最中だった。私たちもキャロのもとに行こうと剣をとって走り出した」

街で最強の騎士団と戦った二人は既《すで》にボロボロとなっており、額からは血を流し、身体《からだ》にも斬り傷がいくつもあった。

剣を握る腕《うで》には疲労感から力が入らず、震えてすらいる。

それでも二人は我が子を助けるべく、気力を振り絞って、盗賊に襲われている村の中を必死に走り抜ける。

「……だけど、間に合わなかった。家に着いた時にはキャロや他の若い女性たちが攫《さら》われたあとで、あの時ほど自分の力のなさを嘆《なげ》いたことはない……」

その時の悔《くや》しさを思い出したジークムートは血が出そうになるほど、強く拳を握る。

ハンナはそんなジークムートの気持ちがわかるのか、そっとその拳に手をのせていた。

ジークムートは、自分には家族を守り、戦える力があると思っていた。

事実、それまで彼は騎士団の誰《だれ》にも一対一で負けたことはなく、今回の盗賊にしても万《ばん》全《ぜん》の状態であれば相手にならない。

それでも、キャロを守ることができなかったという事実は二人の心に深い闇を残してしまった。

「それから私たちは身体を治して、盗賊団のあとを追った。調べていくうちにわかったんだが、あいつらは、臨時でいくつかのグループが組んで作ったチームだった。そのもととなるグループをいくつも潰《つぶ》していったんだが、どれだけ探《さぐ》ってもキャロの情報を得ることはできなかった……」

悲痛な表情で語るジークムートの手をハンナがそっと握る。

ここからは、説明を交代しようという意味を込めていた。

「続けるわね。それからの私たちは当てもなく海を渡ってウンデルガルに行ったの。何年も戦っているうちに、私たちの心は疲弊《ひへい》しきっていて――その頃にはもうキャロのことを諦《あきら》めつつあったわ……」

それはどれほど辛い思いだったかわからない。

ずっとキャロのことを思い続けて、結果がでない日々を送り続けるのは彼らにとって身を裂《さ》かれるような辛いことだった。

キャロも両親を捜《さが》している中、手がかりをつかんではすり抜けていく辛さを味わってきた。

だからこそ両親の辛さが痛いほど伝わっていた。

「そんなよそ者の私たちにウンデルガルの人たちは優しくしてくれたの。時間はかかったけど、徐々に心も癒《い》えてきて、私たちは決めたのよ。私たちのように辛い思いをしている人、悲しい経験をした人を少しでも助けてあげたいって。それから私たちは北の帝国《ていこく》を目指して旅立って、その途中《とちゅう》でこの妖精の国にたどり着くことになったの」

それから二人は光の妖精王に力を貸して、現在に至る。

「う、うぅ……ご、ごめんなさい……！　わ、私が攫われたりしなければそんなことにならなかったのにっ！」

この話を聞いたキャロはボロボロと涙を流してしまう。

もし自分が攫われなければ、もし自分がうまく隠《かく》れることができれば、もし自分が盗賊たちを倒《たお》す力を持っていたら。

そんなたられればを考えると、両親が辛い思いをすることになった原因が自分にあるとキャロは思ってしまった。

「っ……そんなことはない！」

強い言葉でそれを否定したのはジークムートだった。

「私たちも自分たちのことを責めたが、あれは盗賊が悪いんだ。悪いことをするやつが悪いのは当然のことだ。私たちは間に合わなかったが、それでもキャロを守ろうと全力を尽《つ》くした。キャロだって、きっとなんとか必死に逃《に》げ出そうとしたはずだ。それができなかったとしたら、眠《ねむ》らされていたか拘束《こうそく》されていたと思う。私たちは互いに全力を尽くして最良の結果にたどり着くことができなかったが、最も悪いのはあの盗賊団なんだ。それだけははき違えてはいけない」

その事実を忘れて自分のことを責めるのはどちらも見ていて辛いことである。

長い間、ずっと後悔していたからこそ、行き場のないやるせない気持ちを誤解によって捻《ね》じ曲げたくない気持ちが強かった。

「……そう、ですね。うん、私もお父さんとお母さんが自分自身のことを責めていたら、きっと二人は悪くないから責めるのはやめて下さいっ！　って言っちゃうと思いますっ」

キャロはあえて笑顔《えがお》でそう口にすることで、空気を和らげていた。

「ははっ、キャロは優しい子に成長したなあ。本当に、また会えてよかった……」

キャロの言葉を受けて目を細めたジークムートは、キャロの頭を優しく撫でる。

「それは私たちの子どもなんだから当然です！」

嬉しそうに笑ったハンナもキャロのことを後ろから抱《だ》きしめる。

「ふふっ、お母さんはなんだかすごく優しい匂《にお》いがします。こうしていると、すごく落ち着くような……」

「……と、父さんはどうだ？」

それを聞いたジークムートは年頃《としごろ》の娘であるキャロに嫌《きら》われないかと不安に思い、咄嗟《とっさ》に自分の身体を嗅《か》ぎながら質問する。

「お父さんはそうですねえ、なんだか守ってくれそうな頼《たよ》りがいのある匂いがしますっ」

どちらも心から思ったもので、こんな普通のやりとりをすることに三人ともが憧《あこが》れており、今こうして一緒に過ごせる時間はとても尊いものであると感じていた。

「そうだ、今度はキャロがどうしていたのか聞かせてもらってもいいかしら？　あのアタルさんという方との具体的な出会いや二人の関係なんかも教えてほしいわ」

母親であるハンナは、キャロがアタルに対して恋心《こいごころ》に近いものを感じていると睨《にら》んでおり、まるでゴシップ好きかのように食いついている。

「む、それは私も気になるところだな。悪い青年ではないようだが、一体どんな人物なのかは私たちも知っておくべきだろう」

ジークムートは父親の顔になっており、娘の恋愛《れんあい》事情を把握《はあく》しようとしている。

「そう、ですね。では、私があれからどうしてきたのか話したいと思います……」

キャロは数秒目を閉じて、ひとりぼっちだった昔を思い出して、そして顔をあげて話し始める。

「誘拐《ゆうかい》されてからしばらくのことは正直あまり覚えていないんです。気づいたら奴隷として売り払《はら》われて、色々な場所を転々としたことだけは覚えています。その中で、暴力を振るわれることもあって、耳がちぎれて、目がよく見えなくなって、足も歩くのが辛いほどでした」

そんな、と両親は口元に手をあてて驚き、泣きそうになるのをなんとか堪えている。

「数年経《た》った時に、元々いた獣人《じゅうじん》の国からずっとずっと離れた場所に私はいました。奴隷商のお店だったのですが、そこの奴隷商さんはとても優しい方で色々配慮《はいりょ》してくれました。

ボロボロの身体の私が売れることはないはずなのに、それでも教育を施《ほどこ》してくれて、ご飯と寝床《ねどこ》を与《あた》えてくださって、ずっと置いてくれていたんです。それに、一緒に奴隷として いた人たちも私のことを気にかけてくれてすごく優しくしてくれたんです」

あの頃のことを思い出して、キャロは懐かしそうに笑っている。

辛い経験のはずなのに笑顔でいる彼女を見て、ジークムートとハンナは少しでも救いが あったことを慰《なぐさ》めにしている。

「そんなある日です。ボロボロで、買ってもなんの利点もないはずの私のことをアタル様が見つけてくださって、買うと言ってくれたんですっ」

ここからのキャロの目には強い輝《かがや》きが灯《とも》り始める。

あの時のアタルの姿は今でもキャロの胸に強く焼きついている。

「出会った時からアタル様は不思議な方でしたっ。私のような役に立たない獣人を買って、優しくしてくれて……そしてアタル様だけが持っている特別な力で怪我《けが》を全《すべ》て治してくれたんですっ」

そう言って、キャロは耳を動かし、目を大きく開いて、足を軽くたたく。

キャロの話が本当なら、彼女は到底《とうてい》治すことのできない大きな怪我を負ってしまったことになる。

しかし、目の前にいる彼女からはそんな様子はみじんも感じられず、実際にそんな怪我は見当たらない。

「そ、その、彼はどうやってそんな怪我を治したんだ……？」

信じられないような力の話をされたジークムートは疑いと興味の二つの思いで、そんな質問を投げかけた。

「もう、あなたったら！　さっき、アタルさんだけの特別な力と言ったでしょ。つまり、それはあの方の秘密にも繋がることで、簡単には言えないことなの。それは家族である私たちだって例外じゃないのよ！　あえて言わなかったんだから、それくらい考えて話して下さい！　キャロ、ごめんなさいね。お父さんの質問は無視していいから、続きを話してちょうだい」

ハンナはぴしっと注意すると、隣《となり》に座るジークムートのことを睨んでいる。

「う、すまない……」

デリカシーにかける発言をしてしまったと、ジークムートは反省して小さくなっていた。

「ふふっ、大丈夫ですよっ。アタル様は私の怪我を治してくれて、それから二人で冒険者として大きな戦いに参加することになったんですっ。アタル様が色々協力してくれたおかげもあって、二人でたくさんお金を稼《かせ》ぐことができて、そのお金で私を奴隷から解放してくれたんですっ！」

アタルはキャロのことを奴隷として使役《しえき》しているのではなく、正式な形で解放してくれて自由にしてくれた。

このことはとても大事なことであるため、改めて二人に話しておきたいことだった。

「それから二人で旅をして、その過程でフェンリルのバルキアス君と私が、フレイムドレイクのイフリアさんとアタル様が契約《けいやく》して、そこからは四人で旅をしてきましたっ。色々な国を旅してきたんですよっ！」

そこからのキャロの話は、ここまでアタルたちとともに歩んできた旅路だった。

色々な国の王に会ったこと。

それらの国で多くの魔物《まもの》と戦ったこと。

四神という神とも戦ったこと。

獣人国では叔父《おじ》のレグルスに会い、両親と獣力のことを教えてもらい、ジークムートと同じく獣力に目覚めたこと。

ずっとずっと、二人に会いたくて、アタルが会わせてくれると約束してくれて、ここまでやってきたこと。

「キャロはすごい経験をしてきたんだな。そして、とても素敵な出会いをしたようだ……」

そう言ってジークムートは彼女《かのじょ》の頭を撫でる。

「あなたが私たちに会おうとして、ずっと捜してくれたこと、すごく嬉しいわ！」

優しく微笑んだハンナはキャロの手をとって思いを伝える。

「なんだか夢のようですっ……！　妖精さんのいる不思議な国に迷い込んで、そこでずっと会いたかったお父さんとお母さんに会えて、二人がこうやって私のことをちゃんと大事にしてくれているのを知れて……」

ホロリとキャロの目から涙がこぼれる。

「それもこれも彼のおかげだな。怪我を治療《ちりょう》してくれたこともそうだが、それほど大きな戦いを潜《くぐ》り抜けることができたのも、トラブルに巻き込まれて打ち破ることができたのも、全ての中心に彼がいたからだろう……。深く詮索《せんさく》するつもりはないが、彼はきっと普通とは異なる運命を持っているのだろうな……」

ジークムートはそこまで言ったところで、キャロの目を見る。

「――それで……キャロ、お前はこれからどうするんだ？」

この質問は彼にとって聞きづらい質問だったが聞かないわけにはいかない。

キャロの答えによっては、別れを選ばなければならないからである。

十数年ぶりに再会することができた親子。

しかし、それぞれに事情がある。

キャロはアタルたちと旅を続けており、特別な力を得て、特別な運命のもとにいる。

ジークムートたちはさすがにアタルたちの戦いに同行するわけにはいかない。

それには特別な理由があったが、まだそれを口にするかは迷っていた。

「――私は……」

両親に出会ったら必ず聞かれると思っていたその質問を前に、悩みに悩んだキャロが口を開いた……。

第六話　闇《やみ》の領域

キャロが両親と話しているころ、アタルは部屋を出て外に出てきていた。

少し休むふりをしてそのまま出てきたアタルは、バルキアス、イフリアだけに皆の守りを任せず、自分自身もそこに参加している。

「なあ、バル。お前はどう思った？」

アタルの質問は、キャロがついに両親に会えたことを指している。

『うーん、すっごく嬉しかったよ！　キャロ様がお父さんとお母さんのことを大事に思っていたのは旅をしていてすごく感じていたんだ。キャロ様の嬉しい気持ちは僕《ぼく》にも伝わってきたし……だから、本当によかったと思う』

「だな」

アタルと同じ気持ちをバルキアスも抱いていてくれることに少しホッとしている。

『でも、ちょっと寂《さび》しい気持ちもあるかな……変な感じだけど、キャロ様は僕たちと一緒にここまで旅をしてきたから……そのなかでなんていうか契約とかだけじゃなく、大事な仲間というか……家族のように思っていたから……』

自分たちよりも、やはり血のつながった本当の家族と一緒にいるのがいいのかもしれない。

そう考えると、バルキアスは心にまるで冷たい風が通り抜けるような思いを感じている。

『あっ……！　でも、あの二人のことが嫌いとかそういうことは全然なくて、そうじゃなくて』

聞きようによってはキャロの両親を悪く言っているように感じると思って、慌《あわ》てて訂正《ていせい》しようとする。

そんな彼《かれ》の頭をアタルが撫でた。

「わかるよ。バルは母親の死と向きあって、その後キャロと契約をした。俺《おれ》はこの世界に本当の家族はいない。イフリアみたいに霊獣《れいじゅう》ともなると、血の繋《つな》がった家族なんていうのはいないだろうから、俺たち三人には家族がいない。だからこそ、互いのことを家族のようにも思っていたんだ」

優しくなだめるようなこの言葉に、バルキアスはゆっくりと頷く。

アタルも家族だと思ってくれていることが嬉しくて、ふにゃりと表情を和《やわ》らげる。

「まあ、だからこそキャロがあの二人のことを大事に思う気持ちもよくわかる。これは、

キャロの気持ちを理解していることと、自分の気持ちが落ち着かないことが同時に起こっているだけなんだよ。だから、キャロのことを大事に考えてないなんてこともないんだ」

バルキアスはアタルの言葉の全てを理解したかは自身もわかっていない。

だが、それでも少しだけ気持ちが軽くなるのを感じていた。

それから二人は黙《だま》ったまま外を眺《なが》めている。

「あっ、アタル様とバル君っ！」

すると、そんな二人のもとへキャロが両親を伴《ともな》ってやってきた。

「お、キャロか……その様子だと色々話せたみたいだな」

明るい表情ではあるが、キャロの目は泣いたからか少し赤く腫《は》れている。

彼女の両親もそれは同様だった。

しかし、三人ともが清々《すがすが》しい表情になっているため、三人の間に壁はなく、親子としての絆《きずな》を取り戻せたのだとアタルは判断している。

「アタル君、と呼ばせてもらっていいかな？」

ジークムートの確認《かくにん》にアタルは頷く。

「君には娘《むすめ》がとてもお世話になったようだね。本当にありがとう……こんな言葉ではとうてい足りないくらいには、感謝しても感謝しきれない」

「私からも感謝の言葉を……娘を闇の淵《ふち》から救い出してくれて、そして未来を見せてあげてくれて本当にありがとうございます！」

ジークムートとハンナは心の底からアタルに感謝しており、それを今できる最大限の表現で伝えようとしている。

キャロもその隣で頭を下げている。

「んー、別に俺はそんなに特別なことをしたつもりはないけどな。それに、俺は俺でキャロに助けられてきたことも多い。だから、まあ、お互《たが》い様《さま》ってやつさ。そんなに改まって頭を下げるほどのことじゃないよ」

アタルは別に気にしていない風で立ち上がる。

「ふう、君は謙虚《けんきょ》なんだな……」

「ふふっ、すごく頼もしいですね。娘が信頼《しんらい》するのもわかります」

とりあえず、二人からの印象が悪くない様子なので、アタルは心の中でひとつ安堵《あんど》のため息をつく。

「さて、みんな休めたと思うが……そろそろベルのところに戻らないか？」

アタルの力によってひとまず砦は闇の力の影響を受けない安全な場所になっている。

そのことでしっかりと休憩はとれているが、いつ闇の勢力がやってくるとも限らない。

「それがいいですねっ」

キャロも現状の危《あや》うさを感じ取っており、アタルの提案に賛同する。

「わかった、みんなには私から話をしてこよう。今後について光の妖精王と話をしなければ……」

こちらの世界にきてからジークムートとハンナはベルに世話になっており、今回の戦争にも自ら志願して参加している。

だからこそ、闇の領域での戦闘の難しさと、闇の勢力についての報告をしなければならないと思っており、これをなんとかしないと次に進めないこともわかっていた。

「よし、それじゃ戻るとしよう」

こうして、アタルたちは砦を捨てて光の領域に、そして途中でカティと合流し、光の妖精王の城へと戻って行った。


到着すると、アタルたちはすぐに作戦室へと案内された。

今回の会議の議題は闇の勢力をどう打倒《だとう》するか。

参加者は光の妖精王ベル、側近のカティ、ゲスト参加のジークムートとハンナ。

そして協力者であるアタルとキャロ。

イフリアとバルキアスは城の外で自由に動きまわってもらっているため、このメンバーで話し合いを進めていく。

「まずは私から……」

最初に口を開いたのはカティ。

彼女は西にも北にも同行しているため、そのうえで起こったことなどを発言しようとしている。

「まず、西の荒野《こうや》の妖精《ようせい》王ティーガー様とは、アタルさんたちのご助力のおかげで、同盟を結ぶことに成功しました。アタルさんに完膚《かんぷ》なきまでに負かされたことを考えると、あの方の性格上、途中で裏切ってくるというのは考えにくいと思います」

この話を初めて聞いたジークムートとハンナは驚いた表情でアタルのことを見ている。

アタルたちが強いことは先ほどの戦いでわかってはいたが、単独での強さを誇《ほこ》る荒野の妖精王を一方的に倒したというのは信じられないことだった。

当のアタルは、今回も別段特別なことをしているとは思っておらず、涼《すず》しい表情をしている。

「北に関して、私は闇の領域には入らず、アタルさんたちにお任せしたので報告はここまでとなります」

ベルには既に報告してあったことだが、ジークムートたちにも情報を共有してもらおうとして話していた。

「それでは次は私たちが実際に現地で戦ったうえで感じたことを話していきます」

バトンを受け取って次に口を開いたのはジークムート。

実際に前線で妖精兵たちを率いたからこそわかることや感じたことを話していく。

「闇の領域は、その名のとおり闇の魔力が充満《じゅうまん》している。それは遠くから見てもひと目でわかる。その中にずっといると魔力の影響を受けて身体が重くなり、本来の力を発揮するのは難しい。私とハンナでも恐《おそ》らく半分以下に実力が抑《おさ》えられたと思う。そんな状況で戦うのは難しく砦に追い込まれてしまった。それと、もう一つアタル君たちも既に見ているが、闇の妖精兵は魔物を使役している。大量にな……」

「「!?」」

驚いたのはベルとカティ。

こちらの世界にも時折魔物が現れることはある。

しかし、数はそれほど多くはなく、強力な魔物もほとんどいない。

もちろん、妖精が魔物を使役するなどという話もこれまで一度として聞いたことがなかった。

「それは確かに俺たちも見た、というか戦った。俺たちはその砦に救出に向かったんだが、砦は魔物たちに取り囲まれていた。何百体いたのかわからないが、とにかく大量だったな」

「魔物の数に対して使役している側の闇の妖精兵は少なかったです。恐らく全てで二十人ほどしかいなかったかと」

アタルの言葉に、真剣《しんけん》な表情のキャロが補足をいれていく。

光の勢力は妖精兵が主戦力になるが、相手側は魔物が主戦力になっており、それらを倒したとしても更《さら》に闇の妖精兵たちが控《ひか》えている。

単純な彼我《ひが》の戦力差を考えれば、圧倒的《あっとうてき》に相手が有利であるとアタルは言う。

「ところで、アタル君たちは闇の魔力の影響を全く受けずに戦っていたように見えたし、砦内部への影響も遮断《しゃだん》してくれていたが……あれはどういうわけだ?」

他の面々にも同じことが適用できるのであれば、それこそあのエリアでの戦いにおいて、状況を一変させる可能性がある。

ジークムートは自分たちが戦う時のヒントになればと問いかけた。

「あー、あれか。まず俺たちが闇の領域で普通《ふつう》に戦えたのは、神の力を持っているからだ。こんな感じだ」

アタルは玄武《げんぶ》の力を右手にこめてジークムートたちに見せる。

「この力で闇の魔力を遮断していた」

「…………」

キャロとの会話の中で神と戦ったという話は確かに出ていた。

しかし、その神の力をアタルが、なにより自分たちの娘も持っていることに驚きを隠せない。

「次に砦についてだが、あれは砦を俺の光の魔力のこもった弾丸《だんがん》で取り囲んだんだよ。それで、一時的に防御《ぼうぎょ》結界みたいなものを作った。あくまで緊急用《きんきゅう》で、ずっと続くものじゃないから、長期的に見たら効果的ではないけどな」

あくまで今回のことはアタルたちだからこそできたことであり、しかもそれは一時しのぎに過ぎないことをアタルは説明する。

「なるほど、それでは同じ方法で私たち光の妖精兵が自由に動けるようになるのは難しいですね……」

ベルはこれまで沈黙《ちんもく》を貫《つらぬ》いていたが、確認するようにそう呟《つぶや》いた。

「そもそもの疑問があるんだが、闇の妖精王っていうのは昔から好戦的だったのか？　こうやって光の領域に攻《せ》め込むような……」

アタルの疑問にベルとカティだけでなく、ジークムートとハンナ夫妻も難しい表情になっている。

「――実は、誰もわからないんです」

ベルが答えるが、その答えはアタルが想定したどの答えとも違《ちが》ったため、首を傾《かし》げる。

「うーん、いや誰かしら知っているんじゃないのか？　ベルかカティか、もしくは部下の誰かとか、闇の妖精王だってぽっと出た王じゃないんだろうから……」

アタルの最後の言葉に、彼らはピクリと反応する。

「おいおい、まさか闇の妖精王は突然《とつぜん》現れたっていうのか？　だったら、北の領域は一体元々誰が統治していたんだ？」

東が肥沃《ひよく》な大地、西が荒野、南が光。

そうであるならば、北を闇の妖精王以前に統治していた誰かがいるはずである。

「……それもわからないんです。ですが確かにいたはずなんです……。私と肥沃な大地の妖精王、荒野の妖精王、そしてもう一人の誰か。この四人は年齢《ねんれい》がほぼ同じで、ほぼ同時期に妖精王になった同輩《どうはい》なのですが……それなのに、どれだけ思い出そうとしても霞《かすみ》がかかったように名前も顔も何も思い出せないのです！」

ベルは苦悩《くのう》で表情がゆがみ、頭を抱《かか》えている。

「なるほど……認識《にんしき》すらゆがめる相手で、恐らくは北の妖精王の存在を奪《うば》った、もしくはその人物を闇の力で操《あやつ》っている何かがいるってことか。さすがにそれだけ強力な相手ともなると、俺たちも最後までつきあったほうがいいかもな」

キャロの両親を救い出して戦況《せんきょう》が変わるようであれば、これ以上アタルたちが戦争に介《かい》入《にゅう》する必要もなくなると彼は考えていた。

しかし、このあきらかに普通ではないおかしな状況を見過ごすわけにはいかなかった。

そこでジークムートは硬《かた》い表情で口を開く。

「闇の妖精王に関してはわからないことが多いというか、なにもわかっていないが、相手の勢力に関しては少しわかったことがある。まず、砦《とりで》にこもる前に戦った闇の妖精兵や魔物はあまり強くはなかった。たまに少しは腕に自信のある者もでてきたが、それでも強くはなかった」

闇の力を持っているにも拘《かか》わらず弱いということに、アタルとキャロは首を傾げている。

砦を取り囲んでいた魔物たちも弱い、というほどではないという印象を持っていたからだった。

「あれはあえて弱い者たちを出してきて、我々の力を探っているような感じだった。そして、何度も闇の領域に侵入《しんにゅう》はしてみたが、一度として闇の妖精王の姿を見ていない……。ただ、一度だけ強い力を私の獣力が感じとったんだが、それは妖精のものとも人のものとも魔物のものとも違う力だった……」

ジークムートの獣力は感知能力に長《た》けていて、その力ゆえに一瞬《いっしゅん》だけだったが、その謎《なぞ》の力を感じることができていた。

「……俺たちはこの妖精の国に到着するまで、色々なやつらと戦ってきた。その中には神のごとき力を持つ魔物もいたし、実際に神とも戦った。俺たちはそういうやつらと戦う運命にあって、向かう先にはそのレベルのやつらがなぜかいつも待ち構えている。だから、俺たちがここに来た以上、もしかしたら今回も神クラスのなにかがいるのかもしれないと思っている」

これは予感でもあり、確信に近いものでもあった。

神が敵かもしれないという事実は、アタルたち以外には重くのしかかる事実であり、言葉を失っている。

「あの……」

そんな中でも、なにか思いついたのかベルが発言しようとしている。

「闇の力と神の力。この二つから思いつくことが一つだけあります……この妖精の国のいずこかに封印《ふういん》されたといわれている闇の力を持つ魔竜《まりゅう》の伝承です」

ベルは今の今まで忘れていたことに自分でも驚《おどろ》いているようだった。

闇の力から簡単に結びつけることのできる話であるにもかかわらず、記憶《きおく》からぽっかりと抜け落ちていた。

「だったら、その魔竜が原因の可能性が高いな……ベルの表情を見る限り、比較的誰《ひかくてきだれ》でも知っている話で、思いつかないのがおかしい類《たぐい》のものだというのに、それでもベルは忘れていた。カティも恐らくは同じなんだろ？」

アタルの問いかけに、嫌《いや》な予感を覚えながらもカティは頷《うなず》いている。

「ってことは、恐らくそれだな。それが関係しているからこそ、その魔竜の伝承を思い出さないように力が働いていたんだよ。思い出せたのはもしかしたら、俺たちと一緒《いっしょ》にいたうえでヒントがあったからかもな」

アタルたちは神の力を有しており、その力が彼らに影響《えいきょう》した可能性は十分にあった。

「その、魔竜の伝承とは一体どのようなものなのでしょうか？」

キャロはその具体的な内容が気になっていたため、ベルに質問を投げかける。

「そう、ですね。今となっては完全に思い出せているので話しましょう。その昔、あちら側で神々の戦いがありました。その時に、神の戦力として力を持つ竜が生み出されました」

それを聞いて、アタルは天井《てんじょう》を見上げ、キャロは口元に手をあてている。

「その力を持つ竜は、全部で九匹《ひき》作られたと聞いています」

力のある竜を神が作ったという部分から、これは宝石竜のことを言っているのだとアタルたちは判断している。

「はあっ？」

「きゅ、九匹ですかっ？」

しかし、アタルたちが神から聞いた話では七匹の宝石竜がいて、それらの力が集まることで最後の宝石竜が復活するというものであった。

しかし、ここにきて謎の九匹目の存在が出てきたことに二人は驚いてしまう。

「そ、そうですが、なにかありましたか？」

あまりの大きな反応に、今度はベルが驚いてしまう。

「いや、その神が作った竜ってやつなんだけど、俺たち何匹か倒したんだよ」

それを聞いた全員が一斉《いっせい》にアタルとキャロの顔を見る。

「あ、あはは、そ、そうなんですよ……」

穴が開かんばかりの勢いで見られたため、キャロは気圧《けお》されながら苦笑《くしょう》交じりに答える。

「まあ、俺たちが倒したのはみんなで協力してなんとかって感じで、もちろん簡単ではなかったけどな……それより俺たちが気になっているのは、九匹目の竜ってやつだ。俺たちが知っているのは七匹の竜がいて、その七匹の魔石《ませき》を媒介《ばいかい》にして八匹目を召喚《しょうかん》するというものだ」

　それを聞いて、ベルはなるほどと頷く。

「そういうことであれば、続きを話すことで納得《なっとく》してもらえると思います……神は九匹の竜を作り出したのですが、最後の一匹は闇の力に染まった邪悪《じゃあく》な竜だったのです。その竜が危険すぎる存在だと判断した神々は殺そうとしましたが、最後ということもあってかなりの力を込めてしまったのです……」

　この話だけでも、その魔竜がどれだけ危険な存在なのかがわかる。

　アタルとキャロは他の宝石竜を超《こ》える力を持つであろう魔竜の強さを予想して、渋《しぶ》い顔になる。

（この流れだと、きっとそいつと……）

（戦うことになるんでしょうねっ……）

　それほどに強力な相手ともなると、きっと相当な激戦になることがありありと思《おも》い浮《う》かぶため、二人とも硬い表情だった。

「その魔竜を神々は封印しようとしました。ですがあちら側に封印するには闇の力が強すぎ、清浄《せいじょう》な力が足りず、妖精の国に場所を移してこの地に魔竜を封印することとなったのです。そして、その封印があるといわれているのが……」

そこまで言ってベルは地図を指さす。

そこが封印の地と呼ばれる場所であり、闇の勢力の領地だった。

「なるほど、北の闇の領域にその封印場所があるのか……つまり、元々北を統治していた妖精王かその部下が封印を解いてしまったか、魔竜自ら封印を解いたか、だな」

どちらにしても、これほど多くの影響を他の勢力に与えていることを考えると、復活していることはほぼ確実である。

それがアタルの出した結論である。

この結論をベル、カティ、ジークムート、ハンナはごくりと息をのんで緊張《きんちょう》の面持《おもも》ちになりながら信じていた。

それほどに彼らの経験と実績は、話を信じさせるだけの根拠《こんきょ》となっていた。

「――さて、それじゃ」

と、アタルが立ち上がり、キャロもそれに続く。

「どうするつもりですか……？」

なにをしようとしているのか、どこに行こうとしているのか、とベルが確認する。

「そりゃ決まっているだろ。闇の領域に向かうんだよ。あの領域はどう考えても異質すぎる。あのままにしていたら、いずれここにまで到達《とうたつ》する……どころか、この国全部が飲み込まれる。さすがにそれはまずいだろ」

アタルはせっかく綺麗《きれい》だと思える場所にやってきたのに、そこが闇の力に侵食《しんしょく》されてしまうのをよしとは思えなかった。

「ですねっ、もし魔竜が封印された宝石竜だとしたら倒しておかないと、別の人が狙《ねら》ってここにやってくるかもしれませんっ！」

キャロはこちら側に魔族のラーギルがやってくる可能性を示唆《しさ》していた。

もしラーギルが来たとしたら、この国がさらに荒《あ》らされてしまうかもしれない。

いっそ魔竜と手を組んで国を亡《ほろ》ぼすかもしれない。

あいつならそれくらいはしかねない――それが二人の共通見解である。

「それでは、私たちも行こう。君たちほどではないが、他の妖精兵よりはあの領域でも動けるから、足手まといにはならないはずだ」

「いきましょう！」

ジークムートとハンナも立ち上がる。

ジークムートは獣力を使うことができ、それによって身体能力を向上させることができるため、闇の魔力《まりょく》の影響下でも、それなり以上には動くことができている。

ハンナは獣人にしては多めの魔力を持っており、それによって自身に防御膜《ぼうぎょまく》を作り出すことで影響をおさえることができる。

「お父さん、お母さん……はいっ！　二人が一緒なら心強いですし、嬉《うれ》しいですっ！」

両親となにかを一緒にするという経験がこれまでなかったキャロは、戦いとはいえ二人とともにいられることを嬉しく思っていた。

「僕も、行きます！」

「ベル様⁉」

次に名乗りをあげたのはまさかのベルだった。

今回の戦いにおいて闇の勢力はかなり危険な相手である。

まだ姿を現していない闇の妖精王やその裏にいるであろう魔竜の存在、それらを考慮《こうりょ》すればベルにはここで待機してもらっていたほうがいい。

カティはそう考えていたからこそ、大きな声を出してしまう。

「まあ、足手まといにならないなら俺は別にいいぞ」

「アタルさん⁉」

今度は軽く返事をしたアタルに対してカティが声をあげてしまう。

「いやさ、荒野の妖精王なんかは前線にでてきていたし、ベルもこの光の領域を統治する王としてはこの世界の存続にかかわるかもしれない相手を自身の目で見たいだろうからさ」

王だからこそ彼は生き残り続けなければならない。

しかし、王だからこそ自らが戦わなければいけない相手のことをしっかりと確認しておきたかった。

「……はあ、わかりました。それなら私も同行します。もともと私はアタルさんたちについていくつもりだったのでそこにベル様の護衛が加わっただけと思うことにします」

「ははっ、迷惑《めいわく》かけるね」

ため息交じりのカティの言葉を受けて、ベルは苦笑する。

「行くなら、光の妖精兵たちも連れて行くといい。今回はこの間までのような小競《こぜ》り合《あ》いじゃなくて、本気の戦いになるはずだからな。総力戦といこう」

と、アタルが提案するがジークムートは疑問を持った表情になる。

「アタル君、君の考えもわからなくはないが、あの環境《かんきょう》下では一般《いっぱん》の妖精兵を連れて行っても足手まといになるだけではないのかな？」

あの場所で動くことのできる面々で向かい、少数精鋭《せいえい》で戦うものだと思っていたためにジークムートからこの疑問が出ていた。

「もちろん先頭きって戦うのは俺たちさ。たださすがに数万からなる闇の妖精兵を全部相手にするのもきついだろ？　個の戦いや数百程度だったら問題はないが、今回は二つの勢力がぶつかりあう戦争だからな。さすがの俺たちも物量には押《お》し込まれる」

もっともらしいことをアタルは言うが、彼ら四人がそれなりに本気で戦えば闇の妖精兵が数万いたとしても四人の相手ではない。

キャロの両親がともに戦ってくれるともなればそれはなおさらである。

しかし、アタルが見越《みこ》しているのはその戦いのところ以外だった。

「ありがとうございます……アタルさんは優《やさ》しいですね」

その言葉の裏をわかっているため、ベルは感謝の言葉を口にする。

「感謝されるいわれはないけどな。俺はただ疲《つか》れるから、当事者のお前たちにも手伝わせたいだけだ」

この当事者という言葉に、ジークムートはハッとする。

アタルは強力な力を持っており、闇の領域でも自由自在に動くことができる。

しかも、今回わざわざ砦までジークムートたちを助けにやってきてくれた。

軍議に参加していることからアタルたちが戦うのが当たり前のことであるかのように考えてしまっていた。

「確かにそうだな。私たちは長いことこちらで世話になっているが、アタル君たちはあくまであちら側からの迷い人、イレギュラーな存在だ。そんな彼らにこの国での戦争の中心になってもらうのは確かに間違《まちが》っている……」

自らも王候補であったからこそ、王としてどう考えるのか、どう立ち振《ふ》る舞《ま》うことが大事なのかを知っている。

知っているからこそ、先ほどのアタルたちと自分たちだけでなんとかしようという考えが間違っていることにも気づけていた。

「そんな大した理由でもないんだけどな、まあとにかく向かおう。たらたらしていたら、あいつらがこっちに攻め込んでこないとも限らない」

「そう、ですね……」

アタルの懸念《けねん》はベルたちも思っていることである。

闇の領域は徐々《じょじょ》に光の領域を侵食しており、現在も拡大の一途《いっと》をたどっている。

領域が広がれば闇の勢力にとって戦いやすく、光の勢力にとっては戦いづらいという環境が出来上がってしまう。

そうなってしまえば、一方的に不利になってしまうため、早めに動く必要があるとベルも考えていた。

その後、部隊の編制を行ってから一行は光と闇の境界線へと急いで向かって行った。

「やっぱり広がっているな……」

アタルの記憶していた位置よりも、さらに数十メートルほど手前に闇の領域は拡大していた。

「これは、一刻を争いますねっ」

アタルたちが帰った時からそれほど時間は経《た》っていないはずだが、それでも確実に広がっているのがわかるほどの大きな変化である。

「さて、相手も同じことを考えているようで戦力を整えてきたみたいだぞ……」

アタルたちがいる場所は境界の更に手前。

その境界線を挟《はさ》んでちょうど反対側には、かなりの数の闇の戦力が隊列をなして待機していた。

「うおらあああああああああ！　てめえら、光の雑魚《ざこ》どもだな！　俺は闇の妖精王様から将軍の地位をいただいた、バンデル様だあああ！　すぐにてめえらの命をもらってやるから覚悟《かくご》しろおおおおお！」

挑発《ちょうはつ》するように怒《おこ》りながらバンデルと名乗った男。

妖精ならではの小さな体に、緑の乱雑に切った短髪《たんぱつ》、赤い服、銀の羽という派手な見た目で、かなり距離《きょり》が離《はな》れているアタルたちにまで届く大きさの声で叫《さけ》んでいる。

「バンデル……バンデル？」

聞き覚えのある名前だったのか、カティがなにか引っかかる様子で考え込んでいる。

「……ベル様、思い出しました。あれは水の妖精王様の部下、バンデル殿《どの》です。そうです！

北の領域は本来、水の妖精王様が統治されていたはずです！」

敵の名前から徐々に記憶が紐解《ひもと》かれていき、カティはついに水の妖精王のことを思い出すまでにいたっていた。

「っ！　そうだ！　北は水の妖精王の領域で、美しい光景がみられる場所だったはず！」

ベルも同じように思い出し、彼のことを忘れていたことにショックを受けていた。

本来ならば水の妖精王の領域はいたるところに綺麗な水が流れ、水辺に寄り添《そ》うように水晶《すいしょう》の草木が涼し気《げ》な雰囲気《ふんいき》を彩《いろど》っていた。

四人の妖精王はともに互《たが》いをライバルと認め、切磋《せっさ》琢磨《たくま》して成長しあっていた。

それなのについさっきまで忘れていた。

それほどまでに今回の黒幕の力が強力だということがわかるため、ベルは思わず息を呑む。

「なんだか変なやつが出てきたが……まあ、問題はない。とりあえず俺たちが先に行って様子を見るから、みんなはここぞというところで突入《とつにゅう》してくれ。あー、ただ改めて言っておくと、俺たち以外はあっちでまともに動けないことは覚悟しておいてくれ」

だからこそアタルたちが先行する。

「いや、しかしあの魔力は私たちが砦にいた時よりも更に濃《こ》くなっているぞ。いくら君たちが神の力を持っているとはいえ、本当に大丈夫《だいじょうぶ》なのかね？」

砦からの救出作戦でアタルたちが自由自在に動いているのは見ていたが、その時よりも状況《じょうきょう》は悪化しているように見えるため、ジークムートが確認をする。

「あぁ、これくらいなら別に大した差じゃないさ。とりあえず行ってくる」

「行ってきますっ！」

アタルはまるで散歩にでも行くような気軽さで、キャロも特に気にしている様子はない。

そんな二人のあとをバルキアス、イフリアがついていく。

ジークムートですらためらい、思わず声をかけてしまう状況ともなれば、ベルや妖精兵たちはなんの策もなく向かって行くアタルたちのことを心配していた。

「大丈夫ですっ、みんな待っていて下さいっ」

キャロは一度振り返って待機組にニコリと笑って声をかける。

安心させるような優しいキャロの微笑《ほほえ》みに、彼らは安堵感《あんどかん》を覚えていた。

「……はあっ！　なんだあ？　生意気そうな人間どもがこっちに向かってくるぞ！　なんにも知らねえ馬鹿《ばか》ってのは、救いようがねえなあ！　光の雑魚どもも教えてやればいいのになあ、そこから先は危険ですよってなあああ！　まあ、そっちがこなきゃこっちから行くだけだがなあああああああ！」

ゲラゲラ下品に笑いながらアタルたちを挑発するかのように煽《あお》ってくるバンデルだったが、当のアタルたちは全く意にも介《かい》しておらず、一歩一歩と確実に闇の領域に迫《せま》っていた。

そして、そのまま足を踏《ふ》み入れるかと思ったが、アタルは足をとめて通常弾《だん》を一発手のひらに取り出し、それを闇の領域にゆっくりと入れていく。

すると、弾丸はたちまち黒くそまり、錆《さび》が浮き出て、腐食《ふしょく》していた。

「これはかなり闇の力が強いな……ほら、見てくれ！」

アタルは確認するようにと、弾丸をジークムートに向かって放《ほう》り投《な》げた。

距離はあったが、落下することなく彼の手のひらに真っすぐ飛んでいく。

「こ、これは……こんな場所に彼らは入っていくのか……」

つい数時間前まで自分たちもいた闇《やみ》の領域だが、身に着けているものが腐食するようなことはなかった。

しかし、今回はこんな影響が出るほどに強い力を持っている。

これはアタルたちが砦の奪還《だっかん》で多くの魔物《まもの》たちを倒《たお》したことが関係していた。

自分の領地で好き放題に暴れた者たちがいるという事実は闇の妖精王に苛立《いらだ》ちをもたらしており、結果として空気中に含《ふく》まれる魔力が強くなるように調整をしていた。

「それでも、俺たちには関係ないけどな」

そう呟くと、アタルは境界の向こうへと足を踏み入れていく。

「――ちょっ！」

思わずベルが声をかけるが、その声が届く前にアタルたちは進んでおり、なんの影響もなく闇の軍勢のもとへと向かっていた。

「キャロ、バル、イフリア……行くぞ！」

最初は歩いていたアタルは声をかけたあと、ハンドガンを手に走り出す。

キャロたちも無言で頷くとアタルに続いていく。

「な、なんだてめえら！　なんでそんな風に動けやがる！」

バンデルは水の妖精王の側近であったため、闇に飲み込まれた今も将軍という地位を得ていたが、アタルたちの力を見ぬけるほどの目は持っておらず、明らかに動揺《どうよう》していた。

「ちっ、お前らあんなやつらさっさと殺せ！　たかが数人だ、早く終わらせろ！」

それでも、人数では大きく優《まさ》る自陣《じじん》の勢力を思い出して我に返ると、アタルたちの迎撃《げいげき》を指示していく。

「「「「おおおおおおぉ！」」」」

その指示に従って、闇の妖精兵と魔物たちがアタルたちへと向かって行った。

「元々水の妖精王の部下ってことを考えると、妖精兵たちは操られているのかもしれないな……今回も妖精兵は極力無力化、魔物は倒す方向で進めていくぞ！」

「はいっ！」

『りょうっかい！』

『承知した』

アタルはハンドガンで攻撃《こうげき》をしていく。

魔物相手には通常弾を使ってヘッドショットを、妖精兵に対しては気絶弾を使って動けなくしていく。

瞬時《しゅんじ》の判断で装填《そうてん》する弾丸を入れ替《か》えており、相手からすればどういう基準で攻撃が行われているのかわからず、ある者は頭を吹《ふ》き飛ばされ、ある者はその場に倒れていくという事実が一層の恐怖《きょうふ》を感じさせていた。

「な、なんだぁ、あいつは！」

バンデルはアタルの目にも留まらない連続攻撃に驚愕《きょうがく》している。

初めて見る武器であり、アタルがなにをしているのか理解できない。

「は、早く倒せ！」

それでもなんとか指示を出し続けるが、部下たちは次々に倒れていく。

この意味のわからない状況にバンデルはとにかく部下を怒鳴《どな》りつけることしかできずにいた。

「せいっ！　やあっ！」

キャロの攻撃もまさに神速とも呼べる速さを持っており、彼女《かのじょ》が駆《か》け抜《ぬ》けたあとには魔物の死体と気絶した妖精兵が積みあがっていく。

「なっ、こ、こっちもか！」

アタルだけでなく、キャロまでもが自由に動いて攻撃をしていき、こちらでも部下が次々にやられている。

「うわあああああ！」

「ぎゃあああああ！」

「ＧＡＡＡＡ！」

バルキアスとイフリアも同様に戦っており、妖精兵、魔物問わず次々に叫《さけ》び声《ごえ》があがっている。

「あ、あぁ、な、なんでこんな……」

今回の光の領域への侵攻《しんこう》作戦の指揮を任されたバンデルは、闇の妖精兵の中でもなるべく力のあるものたちを選抜して連れてきていたはずだった。

魔物たちも、なるべく凶暴《きょうぼう》なものたちを選んでいた。

しかし、そのどちらもがなすすべなく倒れていく。

絶対の自信をもって率いていたはずなのに、半壊《はんかい》どころか、全滅《ぜんめつ》すらもう目の前にやってきているのを感じ取っていた。

「くそっ、なんでなんでなんでなんでこんなことにいいいいい！」

必勝だと思っていた。

楽勝だと思っていた。

簡単な任務だと思っていた。

すぐに終わると思っていた。

これだけの戦力を前にしたら降伏《こうふく》するか絶望するだろうと思っていた。

しかし、そのどれとも違う結果が目の前で巻き起こっている。

バンデルは苛立ち、頭を掻《か》きむしり、地面を何度も蹴《け》って怒りを発散しようとしている。

その間にも戦力は確実に削《けず》られており、苛立ちは募《つの》る一方である。

だが、ばたばたしていたバンデルの動きがピタリと止まる。

「……こうなったら、俺《おれ》が出るしかないか」

先ほどまで駄々《だだ》をこねる子どものように不満をぶちまけていたバンデルだったが、その顔からは感情が消え、冷たい色だけが残ってまるで別人のようだった。

ゆらりと動き出したバンデルは、彼《かれ》の身長をはるかに超える闇の気配を強く感じさせる巨大《きょだい》な槍《やり》をどこからともなくとりだして、ゆっくりとアタルのもとへと向かっていく。

その間には闇の妖精兵も魔物もいるが、彼は目の前になにもいないかのごとく、ただアタルに向かって真っすぐ進んでいく。

実際には目に見えない速さで槍を横に振って、前方にいる障害を吹き飛ばしていた。

「アタル様っ！」

それに気づいたキャロが声をかけるが、もちろんアタルはバンデルの接近を察知しており、頷いて返す。

「俺を狙ってくるとはなかなか見る目があるじゃないか」

このパーティの中でアタルを崩《くず》すことができれば、精神的支柱を失うことになり、パーティは崩壊《ほうかい》する可能性がある。

アタルはそんなことはないと思っているが、実際にそんなことになれば他の三人が理性を失って荒れ狂《くる》い、この地そのものが崩壊する可能性すらある。

だからこそ、アタルを狙うのは実際には得策ではない。

そんなこととは露《つゆ》知らず、アタルはバンデルを、バンデルはアタルを狙って攻撃を開始していく。

「死ねえええええ！」

槍が全力で突《つ》き出されるが、アタルは紙一重《かみひとえ》で避《よ》けて弾丸を撃《う》ちだす。

「――っ！」

しかし、それは槍の柄《え》に弾《はじ》かれる。

「ほう、防ぐとは面白《おもしろ》い」

「はっ……？」

アタルはバンデルの反応の良さを褒《ほ》めたが、これはたまたまで槍を突いたが避けられたため、慌《あわ》てて戻《もど》したところにたまたま命中しただけであった。

褒められたように感じたバンデルは呆気《あっけ》にとられるが、アタルは次の行動に移っている。

「これは防げるか？　これならどうだ？」

アタルはバンデルに興味を持ち、弾丸のタイミングを変えて何発も撃ちだしていく。

「うわっ！」

もちろんさきほどのアタルの攻撃を偶然《ぐうぜん》避けただけのバンデルがこの攻撃を避けられるはずもなく、彼は驚いて後ろにたたらを踏むように数歩動いた。

するとと槍は緩《ゆる》んだ手から離れてバンデルの目の前でくるくると回ってしまう。

「へえ？」

これまたアタルは驚くこととなる。

足を狙った弾丸はバンデルが動いたことで命中せずに地面に突き刺《さ》さっている。

身体《からだ》を狙った弾丸は、槍の回転によって弾かれていた。

「くっ……な、なんだっていうんだ」

しかし、当の本人にはそんな意識はなく、全《すべ》てがラッキーというしかない結果となっている。

バンデルは実際、戦闘《せんとう》能力自体はあまり高くない。

アタルのところに行くまでは槍自体のポテンシャルの高さによって障害物を取り除いていた。

弾丸を避けたのも防いだのも全てたまたまだった。

彼は運だけで水の妖精《ようせい》兵の側近という地位にまで上り詰《つ》めた男であり、闇の魔力を得た今でもそれは変わらなかった。

「……とりあえず、種はわかった。もう防御方法はないだろうから気絶しておいてくれ」

全てを運で乗り切れるわけもなく、これがバンデルの運の限界でもあった。

仕掛《しか》けさえわかってしまえば、もうアタルの敵ではない。

額に五発ほど気絶弾が撃ち込まれると、バンデルはあっけなく気絶してその場に横たわっていた。

「ふう、これでひととおり終わったか」

アタルがバンデルの相手をしている間に、キャロたちが魔物と妖精兵を倒してこの境界沿いでの戦闘に勝利を収める。

「アタル様っ！」

『アタル様ー』

『ふむ、無事なようだな』

相手の将軍との戦いということもあって、三人は心配そうにアタルのもとへと駆け寄って彼の状態を確認《かくにん》していく。

「あー、あんまり強くはなかったからな。それより、気絶しているこいつらを光の領域に連れて行こう。イフリア、巨大化《きょだいか》してもらえるか？」

『承知した』

戻ってから最初に指名したのが自分だったため、イフリアは少し得意げな様子で巨大なドラゴンサイズに身体を変化させていく。

「悪いが、みんなで手分けして闇の妖精兵たちを乗せていこう。一回じゃ無理だから乗せ終わったら一度あっちに行って降ろしてまた戻ってを繰《く》り返すぞ」

そこからアタルたちは順番に闇の妖精兵たちを搬送《はんそう》していくこととなった。

第七話　闇の妖精王

闇の妖精兵の運搬《うんぱん》が終わったところで、アタルは彼らの状態をベルに報告する。

「これなら私の力で浄化《じょうか》できます……フェアリーディスペル！」

淡《あわ》いピンクの範囲《はんい》魔法《まほう》はあたり一帯を優しく照らす。

するとすぐに彼らは魔法によって正気を取り戻していた。

「こ、ここは……つっ！　頭が痛い、俺は一体なんでこんなところに……」

最初に目を覚ましたのは将軍のバンデルだった。

なぜか自分は道のど真ん中に寝《ね》かされており、部下である妖精兵たちは、道のわきにある草の上に寝かされている。

バンデルの最後の記憶は水の妖精王の城であるため、現状と一致《いっち》していない。

「バンデル君、僕《ぼく》のことは覚えているかな？」

優しい笑《え》みを浮かべてゆっくりと声をかけたのは浄化をしてくれたベルだった。

彼らは面識があり、王が説明したほうが、一番説得力があるという判断のもと、彼が声をかけている。

「あれ？　ベル、様、ですか？　なんでこんな道の途中《とちゅう》に、しかもなんだか人が多くありませんか？　俺、城で飯を食っていたところだったような……？」

明らかに嘘偽《うそいつわ》りない戸惑《とまど》いの色をにじませるバンデルの反応を見て、アタルたちは一つの確信を得る。

彼ら闇の妖精兵は、闇の力に操《あやつ》られた水の妖精であるということ。

そして、操られていた間の記憶は全くないということ。

こちら側では、浄化されていれば闇に支配されることはないということ。

その他の妖精兵たちもベルの力によって闇の力から解放されていき、順次目を覚ましていく。

彼らからも情報収集をしていくが、おおむねバンデルと同じ状態であった。

しかし、中には意識を失った時に空が暗くなったことを覚えていたり、何かの鳴き声を聞いたりした者がいたため、事前に想定していた魔竜がかかわっている線が濃厚《のうこう》になってきていた。

「あの中にいる時に、光の魔法弾《まほうだん》を試《ため》しに数発使ってみたんだが、弾丸《だんがん》が通過した場所だけ闇の力が削られていた。だから、今のベルのような光の力を使えばあれを消していけるんじゃないかと思う」

そう言ってアタルは闇側を指さした。

「なるほど、そうすればこちら側の領域を広げることができるんですね……」

そう口にしたベルだったが、闇の魔力は広範囲《こうはんい》に広がっているため、いくら光の妖精王といえど、彼一人でなんとかなるレベルのものではない。

「その顔は僕一人では無理ですって顔だな。俺もそう思う」

「うぅっ……面目《めんぼく》ありません……」

アタルの言葉にベルはしょんぼりと肩《かた》を落としている。

「そこで提案があるんだが、この道沿いに俺が光の魔法弾で道を作っていく。そうすれば周囲の闇の魔力は軽減していくはずだ。そこをベルたち光の妖精があとを浄化しながら追いかけてくれればいい――どうだ？」

道が確保できれば、戦力を送ることができる。

戦力にならなくとも、今回のように闇の妖精兵の運搬をベルたちが担当することもできる。

「それならいけます！　光の力は僕だけでなく、みんなも使えるので！」

そう言って、ベルは兵士たちに振り返った。

今回率いて来た兵士の数はおよそ二万。一人一人の妖精の力はそこまで強くはない。

だが、これだけの数がいれば確実に道を作ることができる。

それは、彼らにこの状況を変えていく光明を見せていた。

「それじゃあ、そういうことで俺たちは先に向かうからみんなは後からついて来てくれ。目標は闇の妖精王の城だ」

アタルは闇の魔力に飲み込まれて今は姿の見えない城の方向に視線を向けている。

作戦室で見た地図には、この道をひたすらに真っすぐ進んでいけば到着《とうちゃく》すると描《か》かれていた。

「……わかりました。我々もすぐに追いかけますので、みなさんもぜひご無事で！」

ベルは自分たちが一緒《いっしょ》に向かえない不甲斐《ふがい》なさを感じながらも、できることを全力でやっていこうとアタルに先を託《たく》す。

「お父さん、お母さん、私はアタル様と一緒にいきますねっ！」

アタルについていく前に、笑顔《えがお》を見せるキャロも両親に挨拶《あいさつ》をしている。

「キャロ……」

「キャロ、しっかりね！」

娘《むすめ》を戦地に送るとあってジークムートは熱いものがこみあげてきそうになっており、ハンナはそれを押し殺しながら娘に優しく声をかけている。

「アタル君、私たちはついていくことができない。だから……娘のことをよろしく頼《たの》む」

ジークムートに頭を下げられたアタルは、言われなくてもそうするつもりで、心配する必要がないほどにキャロも強い——そう思ったが、彼の思いを汲《く》んで別の言葉を選択《せんたく》する。

「あぁ、任せてくれ。俺の仲間は絶対に守る。それと、あんたたちの思いものせて戦ってくるよ」

そう言ってアタルは拳《こぶし》を前に出す。

「う、うむ！　頼んだぞ！」

そこにコツンと拳を合わせたジークムートは、この一連の短いやり取りの中で彼なら任せられると、信頼《しんらい》できると感じ取っていた。

「娘のことをよろしくお願いします」

「あぁ、任せてくれ」

そしてハンナにはシンプルだが力強い言葉を返した。

こうしてアタルたちは闇の領域への先遣《せんけん》部隊として出発していく。

「我々もすぐに追いつきます！」

部外者である彼らに任せることをベルは心苦しく思いつつも、彼らでなければここを突破していくことのできない事実を受け入れていた。

「それじゃ、少し急ぐぞ。ゆっくりしていたらいつなにがあるかわからないからな」

先ほどの部隊には水の妖精王の側近がいた。

しかも、規模だけでいえばかなりのものであり、本格的な侵攻に移行しようとしているのが感じとれる。

であるならば、ここからは急がなければならない——そう直感で感じ取っていた。

アタルとキャロはバルキアスの背中に乗って移動し、やや上空をイフリアが飛ぶことで先を見通そうとしている。

「俺は弾丸に集中するから、キャロは俺のことを支えてくれ。バルは俺たちが落ちないくらいの速度で進んでくれ。イフリア、偵察《ていさつ》頼《たの》んだぞ」

それぞれがそれぞれの役割に集中して、進んでいく。

アタルは道の両脇《りょうわき》に光の魔法弾を一定間隔《かんかく》で撃ち込んでいく。

砦《とりで》を一時的に闇の魔力から守ったように、今回も一時的な効果でしかないことはわかっている。

それでも、こうやって道を作ることで近くでの作業を行いやすくしていた。

アタルが作り出した光の道は、闇の領域の中に生み出された一筋の光明となっていた。

それをあとから追いかけるベルたちは、アタルの弾丸が放つ力をも利用して広域に光の力を放つことで闇の領域の侵食《しんしょく》を止めて、反対に光の力で侵食し返していく。

そうして走り続けること一時間ほど経過したところで、アタルたちはついに闇の妖精王の城に到着した。

濃厚な闇の気配が漂《ただよ》う城は、光の妖精王の城とは真逆に暗い雰囲気だった。

暗雲がたちこめ、蔦《つた》や枯《か》れた草木が城をより一層暗く見せる。

本来ならばきれいな水が流れているだろうあちこちに配置された水路は涸《か》れており、もの悲しくそこにあるだけだ。

「これは、やっぱりそうだな」

「はいっ……」

アタルとキャロは城から神の気配を感じ取っていた。

『うー、なんか嫌《いや》な感じがする』

バルキアスはその力を感じ取って肌《はだ》がびりびりしているのを感じている。

『これは知っているようで知らない力だな』

イフリアはこれまで戦った宝石竜《りゅう》のことを思い出しており、そのどれとも異なる力に険しい表情になっている。

「さてと、これからどうするかだが……俺に一つ考えがある」

アタルは自分のアイデアが面白いものであると確信しているため、ニヤリと笑っている。

通常であれば、正面から戦いを申し込む。

ばれないように忍《しの》び込む。

誰《だれ》かが囮《おとり》になって別動隊が侵入《しんにゅう》する。

このあたりが思《おも》い浮《う》かぶ作戦である。

しかし、アタルが思いついたのはそのどれとも違《ちが》った。

まず、四人は城に向かって横一列に数メートルおきに距離をあけて並ぶ。

「準備はいいか？」

アタルはライフルを構える。

「はいっ！」

笑顔で頷《うなず》いたキャロは両手に武器を持って壁《かべ》の前に立つ。

『任せてー！』

楽しそうに唸《うな》るバルキアスは爪《つめ》を装備して構えている。

『うむ、いくぞ！』

イフリアは少し離れた場所で魔力《まりょく》を高めている。

「それじゃ……いくぞ！」

アタルの声を号令に、四人が攻撃を開始する。

誰を相手にしているというわけではなく、彼らは城そのものを狙《ねら》って攻撃していた。

闇の魔力によって防御壁《ぼうぎょへき》が作られており、普《ふ》通《つう》の建物よりはかなり頑丈《がんじょう》である。

そんな城をまさか外から打ち崩そうと考える相手がいるはずがない。

そう思っている相手の心理を逆手にとって、アタルたちは建物自体を潰《つぶ》そうとしていた。

全員が最初の数撃で城の強度を確認し、それを上回る攻撃を繰り出していた。

アタルはここでも光の魔法弾を連続して発射する。

キャロは魔力を込めた攻撃で城の壁に大きな傷を作り出している。

『くらえええええええ！』

バルキアスは分身による体当たり、鋭《するど》い爪装備による切《き》り裂《さ》き攻撃と、多《た》彩《さい》な攻撃で壁を壊《こわ》す。

『ふむ、これくらいの強度ならいいだろう……』

イフリアは先ほどよりも少し距離を長めにとり、隣《となり》のバルキアスと攻撃位置がかぶらないように横にずれていく。

『くらえ、GRAAAAAAAAAAAAAAAAAAAAA!』

イフリアは拳で固さを確認し、ブレスで破壊《はかい》できると判断すると遠距離《えんきょり》から強力なブレスを放っていく。

これらの攻撃が弱まることなく、アタルたちの攻撃は続いていく。


「な、なにが起こっている!」

「何者かの攻撃を受けているようです! 敵の狙いは、この城自体かと!」

「なっ、早く兵を出せ!」

「出しています! ですが、出た端《はし》から相手の攻撃の餌食《えじき》になっているのです!」

止《や》むことのないアタルたちの攻撃が闇の妖精王の城を大きく揺《ゆ》らす。

大地震《だいじしん》でも起こったのかといわんばかりの状況に、驚《おどろ》き戸惑う闇の妖精たちだったが、何とか対抗《たいこう》しようと既《すで》に城内から防衛部隊を外に送り出していた。

しかし、その全てがアタルたちの攻撃に巻き込まれていた。

しかもアタルたちはこれまでのとおり、魔物は倒し、妖精兵は気絶させるというルールは徹底《てってい》して守られている。

継続《けいぞく》している攻撃に対して、城の前面は半壊しており、まるで廃墟《はいきょ》であるかのようにボロボロになっている。

「このまま一気に……」

たたみかけるぞ、とアタルが号令をかけようとした瞬間《しゅんかん》、アタル、キャロ、バルキアス、イフリアの四人はなにかの力に弾《はじ》き飛ばされて、後方に数歩ずつ下げられてしまう。

「まったく、こちらが打って出ないことをいいことに、私の城に好き勝手やってくれたものね！」

その力とともに現れたのはベルたちと同じ妖精サイズの少女らしい見た目の女性。

黒と紫《むらさき》をベースとした和服のドレスを思わせる、唐《とう》の漢服のような服を纏《まと》っており、その身体は闇の魔力に覆《おお》われている。

背中に生えている羽もよどんだ暗い色をしていた。

本来深い青の瞳《ひとみ》も闇の魔力のせいで妖《あや》しく光っている。

そしてつややかな長い髪《かみ》の色は水色をしているはずだった。

それは属性が水であることを示しており、元々が水の妖精王であることがわかる。

しかし、その身体からは水の魔力ではなく闇の魔力、そして神の力を感じ取ることができた。

「お前が闇の妖精王か」

アタルはその姿に声は反応したが、体勢を立て直して再び弾丸を放ち続けている。

拠点《きょてん》があるという状況は相手にとって有利であるため、そこをなんとか崩したいと思っていた。

「攻撃を、止めなさああああああい！」

手を止めないアタルにイラついた闇の妖精王は闇の魔力をそのまま投げつけて、攻撃を阻止《そし》していく。

「そんなに怒《おこ》らなくてもいいだろ。それにこれは戦争なんだから、攻撃するのも当然じゃないのか？」

アタルは登場からイラつきを見せる闇の妖精王に呆《あき》れながら声をかけている。

これは相手の出方を探《さぐ》り、キャロたちに時間を与《あた》え、相手の部下がどう動くのかを確認していくために時間を稼《かせ》いでいた。

「ふん、確かにこれは戦争だけれどあなたたちの戦い方は美しくないわ。こんな野蛮《やばん》な戦いをするのはやはり外の人間だからでしょう？　我々妖精の戦い方は実に優雅《ゆうが》で美しいものなんだから」

鉄扇《てっせん》のようなものを取り出し、美しさについて語りだした闇の妖精王は饒舌《じょうぜつ》ではあるが、その言葉からは強い敵対心は感じ取れない。

「お前、本当に闇の妖精王なのか？」

「半分正解ね。この気品あふれる姿、そしてこの全てを超越《ちょうえつ》する闇の魔力。これらが示す正しい答えは一つ、私がこの世界の王、唯一《ゆいいつ》人の妖精王だということよ！　他の妖精王たちはまがい物だから消えてもらうしかないわね」

見せつけるように自信たっぷりな様子で大きく胸を張る闇の妖精王。

どこまでが水の妖精王の人格で、どこからが闇の妖精王としての人格なのかはわからないが、とにかく彼女は他の領域を全て制圧して唯一無二《ゆいいつむに》の妖精王として自分の存在を確固たるものにしようとたくらんでいるようだった。

（それを行動の根拠《こんきょ》にしているとして、この力はどこから来ているんだ？）

話しながらもアタルは魔眼《まがん》を発動させて、闇の妖精王の力の流れを確認していく。

すると、胸のあたりになにか強い力があるのが感じられた。

（あれが力の根源になるのか……宝石のようにも見えるが……）

さすがに服で隠《かく》れているため、そこにあるのがなんなのかまでは魔眼でも見通すことができずにいる。

「みんな、あいつはやはり水の妖精王の身体を使っているみたいだ。かなり強い相手だがなんとか殺さないようにダメージを与えて闇の呪縛《じゅばく》から引きはがすぞ」

これは相手と会話をしてみてのアタルの決断である。

闇の妖精王と話している限りでは、どこか人間らしさを持っているように感じる。

闇の力に全てを支配されているとしたら、そこまでの人間らしさはなく、ただ殲滅《せんめつ》されてしまうだろうというのがアタルの考えであり、まだ助けることができると思っていた。

「でも、どうすればいいいのでしょうか……？」

これまで闇の力から引き戻すことができた妖精は、一度気絶させてから光の領域まで連れて行き、闇の魔力の影響《えいきょう》がない場所でベルが光の力を使って闇の力を打ち消すという方法をとっている。

しかし、彼女が身に纏う闇の魔力はこれまでの誰よりも密度が濃く、身体と一体化しているかのようにも見えるため、簡単にはいかないことがわかる。

なにより、この場にはベルがいなかった。

「最終的な解放に関してはベルが間に合うことに期待するとして……服で隠れていて見えづらいが、あいつの胸のあたりに強い力を持った魔石のようなものが埋《う》め込まれているようだ。それを破壊できれば……」

力の供給を断《た》つことになり、水の妖精王の解放に繋《つな》がるかもしれない。

強い相手に対して、胸の部分というガードの強い場所。

しかも攻撃が強すぎては殺してしまい、弱すぎては魔力に阻《はば》まれてしまうというかなりの高難易度ミッションである。

「わかりましたっ！」

それでもキャロは迷いなく応《こた》える。

どれほど難しい問題もこれまでみんなで乗り越《こ》えてきたという自信があった。

『いっくよー！』

バルキアスは元気よく吠《ほ》える。

『やれやれ毎回難儀《なんぎ》なことだ』

呆れたような口調で肩をすくめるイフリアも口ではこんな言い方をしているが、悪くないと思っている。

「……悪だくみは終わったかしら？　それでは戦いを始めましょう！」

アタルたちが相談をしているのは闇の妖精王も気づいており、気づいていながらあえて余裕《よゆう》たっぷりに待っていてくれていた。

（こういうところもなんだか人間味があるんだよなあ）

目を細めながらアタルが闇の妖精王を見るが、その間に攻撃が開始される。

闇の妖精王は、本来の水の妖精王の力も同時に使いこなすハイブリッドタイプである。

「ダークミスト！」

闇の魔力が水の妖精魔法《ようせいまほう》によって広範囲に霧状《きりじょう》に撒《ま》かれていく。

この魔法、通常のものであれば相手の視界を奪《うば》ってその隙《すき》をついて攻撃をする援護《えんご》魔法である。

「みんな魔法から離《はな》れろ！　イフリア、全力で風を巻き起こせ！」

しかし、この魔法は本来のものとは違う。

（くそっ、闇霧《やみぎり》じゃなくて、闇水霧だぞ、あれは。しかも特性が酸だ！）

実際に霧の中に酸性の水が含まれており、触《ふ》れた場所から闇の力で焼き熔《と》かしていく効果を持っている。

アタルはこの戦闘が始まってから常時魔眼を発動させているため、その効果がわかっているが、そうでもなければ突っ込んでいってもおかしくなかった。

「ふふっ、そこまで警戒《けいかい》しなくても少し痛いだけよ？」

アタルが効果を見抜《みぬ》いて気をつけていることが楽しくあり、闇の妖精王はその反応を見てニヤリと笑っている。

イフリアはアタルの指示を受けて翼《つばさ》をはためかせて、ダークミストを吹き飛ばしていく。

「それじゃあ、次はこれね。ダーククラウド！」

今度は空に暗闇《くらやみ》の雲が出現する。

もくもくと、まるで煙《けむり》のような雲であるが、まるで質量を持つ巨大な物質のようにも見える。

「アタル様っ！」

今度はどんな能力の魔法なのかとキャロが質問する。

「いや、今度は闇の力を持っているが、ただの雲？」

魔眼には先ほどのような危険性があるようには映ってはいない。

「そう、そのとおり。先ほどのミストのような危険性はないわ。でも、なんの意味もないような魔法を私が使うと思ったの？」

クスッと小ばかにするように笑った闇の妖精王は右手を掲《かか》げて、勢いよく振《ふ》り下ろした。

「なにかが来るぞ！」

合図とともに雲の中の魔力からバチバチと音がして魔力が高まっていくのを感じる。

そして、その雲の中から別の魔法が生み出されていく。

闇の力に覆われた水魔法《みずまほう》がアタルたちめがけて降り注ぐ。

ダークウォーターアロー。

ダークウォーターランス。

ダークウォーターソード。

ダークウォーターアクス。

ダークウォーターボール。

闇水でできた矢、槍、剣《けん》、斧《おの》、玉が無数に降り注いでくる。

多種多様な攻撃《こうげき》が襲《おそ》い来るため、回避《かいひ》は間に合わない。

根源である雲を吹《ふ》き飛ばすのも今からでは難しい。

ならば、とキャロは自らの剣による迎撃《げいげき》を選択していた。

「キャロ、武器は魔力か獣力《じゅうりょく》で覆っておくんだ！　ただ剣で撃ち落とそうとしたら、腐食《ふしょく》効果で壊れてしまうぞ！」

先ほどのミストの時もそうだったが、闇の魔法には腐食特性があり、直接魔法に触れれば、触れた場所から闇の力に侵食されてボロボロになってしまう。

「はいっ！」

元々そのつもりであったキャロは武器に素早《すばや》く魔力を込めて降り注ぐ魔法の雨を撃退《げきたい》していく。

多角的に飛んでくる魔法だったが、キャロは自身に降り注ぐ全てを確実に誰もいない場所に集めるように弾き飛ばしている。

なにも考えずに吹き飛ばしては、仲間にその魔法が飛んでいってしまうかもしれない。

それを避けるためにも、一か所に集めるのは大事なことだった。

「へえ、なかなかやるじゃない。なら、少し増やしてあげるわ」

そんなキャロの様子を見て、闇の妖精王は感心しながらニヤリと笑い、そして次の手に移っている。

キャロがどこまでやれるのか試すかのように、撃ちだす魔法の数、速度を上げていく。

「ちっ、面倒《めんどう》なやつだ……俺も迎撃に回る！」

アタルは手数優先でハンドガン二丁を持って魔法を撃ち落としに回る。

使う弾丸は光の魔法弾。

「これなら大丈夫《だいじょうぶ》なはずだ」

闇に対しての相克《そうこく》、光の力を持つ弾丸はただ相手の魔法を撃ち落とすだけでなく、魔法そのものを打ち消す。

『おっちろー！』

バルキアスも爪に魔力を込めてそれらの迎撃に回っている。

鋭い攻撃は、魔法をそのままかき消していく。

かなりの数の闇水魔法《やみみずまほう》が降り注いでくるが、三人の活躍《かつやく》によってそのほとんどが撃ち落とされる。

闇魔法の危険性は三人ともが理解しており、彼らはダメージを受けるようなミスをすることなく、確実に安全に闇の妖精王の魔法を撃ち落としていった。

「あははは、なかなかやるわね。でもそれがいつまで続くのかしら？　所詮《しょせん》お前たちがやっているのは防ぐことだけ。もし私の魔力切れを待っているのだとしたら、それは浅はかな考えよ。なにせ、ここには闇の魔力が充満《じゅうまん》しているんだから、いくら魔力を消費したとしてもすぐに回復するの！　それそれそれそれ！　くらいなさい、魔法の雨よ！」

アタルたちが防戦一方であり、打開策がないように見えるため、闇の妖精王は楽しく、心地《ここち》よく、手を抜《ぬ》かずに魔法の雨の勢いを増させて降らせ続ける。

しかし、彼女《かのじょ》には見落としがあった。

魔法に対応しているのは、アタル、キャロ、バルキアスの三名であり、イフリアは参加していないということに気づいていない。

そのことを気づかせないために、三人だけでも十分すぎる結果を出すことで、自分たちに注目させていた。

もちろん参加していないのには大きな理由があった。

この暗闇の雲の魔法が使われた瞬間から、厄介《やっかい》なものだろうというのは全員が予想できていた。

しかし、これを一撃《いちげき》で吹き飛ばすのは、普通に攻撃しているだけではなかなか難しい。

だからこそ、イフリアのブレスを使うことで一気に吹き飛ばそうと考えていた。

それだけの攻撃をするには、いくらイフリアといえど、相当な魔力を練る必要があった。

イフリアは三人に状況《じょうきょう》を任せ、時間をかけて強力に魔力を練り上げていった。


しばらくして魔力を練りあげることができたイフリアは、一気に魔力を解き放って暗闇の雲に向かって強烈《きょうれつ》なブレスを吐《は》いていく。

『ぬおおおお、これでもくらえええええ！』

ただ威力《いりょく》が高い攻撃をするわけではなく、空に広がるあの暗闇の雲を、そしてこの場に滞留《たいりゅう》している闇の魔力を燃やし尽《つ》くすブレスを放つ準備をしていたイフリアは猛《たけ》る気持ちを雄《お》たけびに込めて口を開いた。

「――なっ⁉」

闇の妖精王がイフリアの雄たけびに気づいた時には既にブレスが発射されていた。

暗闇の雲に向かって飛んでくる太くて強力なブレスはしっかりと時間をかけたため、濃《のう》密《みつ》な魔力が生成されており、その威力が強烈であることは一目瞭然《いちもくりょうぜん》だった。

闇の妖精王はそれだけで理解する。

このブレスは危険で、ありとあらゆるものを燃やし、吹き飛ばしてしまうと……。

「くっ……トカゲふぜいがあああああああ！」

ブレスは雲を飲み込み、そのままの勢いで闇の妖精王をも飲み込んで、周囲の闇の魔力を白い炎《ほのお》が燃やしていく。

『うおおおおお！』

イフリアは更《さら》に魔力を燃やしていき、勢いそのままにブレスはそのまま空に突《つ》き抜けていく。

空に到達《とうたつ》したブレスによって、分厚く覆いかぶさっていたどんよりとした暗雲が切り裂かれ、長い間ずっと闇に覆われていた空がイフリアによって明らかになる。

優《やさ》しいピンク色の雲一つない空は幻想的《げんそうてき》で、遥《はる》か上空にはオーロラがあるのが見える。

「ははっ、こいつは綺麗《きれい》だな」

「はいっ、夢のような光景ですねっ！」

青空とも夕焼けとも夜とも違う不思議な色の空。

それは、闇の力からの解放を感じさせるものだった。

これで闇の妖精王を倒《たお》すことができた。

あとは、回復弾《だん》を使って水の妖精王を救い出せばいいとアタルは闇の妖精王がいたほうへ視線を戻《もど》す。

「……えっ？」

そう思った次の瞬間、再び空が闇の力に覆われてしまったため、キャロは驚いて声を漏《も》らしてしまう。

「あ、あはは、あはははははっ！　これは驚いたわ。まさかあの雲を一撃で吹き飛ばすほどの威力を持っているブレスとはね。世界は広いのね。これだけの力を持つ者がこんな場所にまで現れるとは思わなかったわ！」

髪をかき上げて、優雅に立つ闇の妖精王は無傷で、先ほどと同じ場所にいた。

彼女の周りには闇と水の力で作られた障壁《しょうへき》が作り出されており、イフリアのブレスを遮《しゃ》断《だん》していた。

『な、なんだと！　あれを喰《く》らって無傷だというのかッ！』

あれで決まったと、あれで終わりだと思っていたイフリアは、闇の妖精王が余裕な表情でこちらを見ていることに驚きと苛立《いらだ》ちを覚え、悔《くや》しさから叫《さけ》んでいた。

「ふん、あの程度で私が倒されるわけがないじゃない」

ぱちんと水壁を解除した闇の妖精《ようせい》王は、余裕のある表情でイフリアのことを鼻で笑っている。

「闇の力だけだったら炎で燃やせたかもしれないが、あの水の力が厄介だな。王というだけあって元々がかなりの水の使い手だったんだろうな。イフリアのブレスに対抗できるだけの水の障壁を瞬時《しゅんじ》に展開するとなると、膨大《ぼうだい》な魔力量、滑《なめ》らかな魔力操作、素早い状況判断――これらが全《すべ》て揃《そろ》わないと難しい」

アタルの分析《ぶんせき》を聞いて、闇の妖精王はニヤリと笑う。

「うふふ、それだけ私のことを褒《ほ》めるとは、なかなか見る目があるのね。いい目を持っている褒美《ほうび》として、あっさり殺してあげる――フレイアブルサイズ！」

妖艶《ようえん》に笑ってみせた闇の妖精王の目の前の空間がぐにゃりと歪《ゆが》み、そこから全体が真っ赤な鎌《かま》が現れる。

彼女の身体《からだ》の何倍もの大きさがある鎌を軽々と手にした闇の妖精王はなんてことないように軽くひと振りする。

さほど力が入っているようには見えない。

それはまるで足元の草を刈《か》り取る程度の、気の抜けたひと振り。

「みんな避《よ》けろ！」

それがなんなのか瞬時に理解したアタルはみんなに回避行動をとるよう指示する。

闇の妖精王の鎌から放たれた衝撃波《しょうげきは》はアタルが数秒前までいた場所に命中し、地面に突き刺《さ》さり、勢いそのまま奥深《おくふか》くに向かって行った。

「あ、あれも闇魔法ですか？」

キャロはあまりの威力に驚いてアタルに質問する。

これまでに使われたどの魔法よりもはるかに強力であり、あれを最初から使われていたら武器で防ぐことができていたかわからないほどである。

「いや、あれは魔剣《まけん》の類《たぐい》だな。鎌だから、魔鎌《まがま》になるのかもしれないが……とにかく、武器自体のポテンシャルが相当なものだ」

これまでにも魔剣などの、特別な力を持った武器を見てきたアタルだったが、闇の妖精王が手にしている鎌はそれらのどれよりも強力だった。

（ランク付けすると、Sランク……最高位の武器ってところだな）

アタルの分析は正しく、この鎌と並ぶ力を持つ武器はこの世界にも数えるほどしか存在していなかった。

「まあ、それでも武器は武器だ。いくら強くても使い手が万全《ばんぜん》で、使いこなせていなければつけ入る隙は十分ある」

アタルが確認《かくにん》したのはあの鎌だけでなく、その鎌がどんな影響を及《およ》ぼしているのかという部分だった。

「あの武器の属性は炎、しかも神聖な炎を宿している。闇と水の力を持つあいつがあの武器の全力を引き出すことはできない」

こちらの分析も正しく、鎌を持っている闇の妖精王の手は神聖な炎に焼かれ、ただれていた。

今持てているのは自身の水魔法で多少誤魔化《ごまか》しているからだろうと予測していた。

「とにかく、闇の妖精王を操っているのは恐《おそ》らく胸にある魔石だ。鎌に気をつけながら、あの魔石を打ち砕《くだ》くぞ」

アタルの指示に三人は無言で頷く。

全員が目標を達成するために動き始めた。

その状況において、バルキアスの体当たりや爪による攻撃は細かい部位を狙うのには向いていない。

それはイフリアも同様で、ブレスや拳による攻撃では小さい闇の妖精王の胸を正確に狙うことはできない。

『アオオオオン！』

『ガアアアア！』

そんな二人にできるのは、大味な攻撃を続けていき、自分たちに意識を集中させること。

そして、闇の妖精王に隙を作らせることだった。

「ハッ、そのような攻撃効かないわ！　……っ！」

一対一であれば、攻撃を避けて鎌を振るう。

これだけで決着がついていたかもしれない。

だが、イフリアの巨体《きょたい》から繰《く》り出される強力な一撃と分身を交えたバルキアスの素早い攻撃の連係を相手にするのは、闇の妖精王といえども、そう簡単なことではなかった。

「いいぞ……キャロ、あの魔石を壊すのは俺《おれ》たちの役目だ。キャロはあの二人に加勢して、剣で胸を狙ってくれ」

「わかりましたっ！」

この短いやりとりだけでキャロは自分の任務を理解して、走り出した。

「さて、俺は……」

ここまで戦ってきて、闇の妖精王は目の前のことに集中すると周りが見えなくなる節があるとアタルは感じていた。

だから、アタルは視界から外れるようにゆっくりと移動していき、気配も魔力もゆっくり抑《おさ》えていく。

そして、キャロたちが完全に注意を集められたと判断した瞬間、アタルはそれらを全てカットして、風景に溶《と》け込んでこの場にいないかのように消えていく。

「ふふふ、私がこの鎌を使いこなせなくなって手放すのを待っているの？　でも、この程度の傷などなんてことないわよ？」

焼きただれた手は、水の妖精魔法ですぐに修復していく。

胸にある魔石から生み出される魔力は無尽蔵《むじんぞう》で、この程度の傷くらいであればすぐに自動で回復していた。

（なるほど、だが魔力の枯渇《こかつ》や武器を手放すことは最初から期待はしていない）

魔眼で状況を確認しているが、確かに闇の妖精王のいうとおり魔力は胸の魔石から生み出されている。

イフリアが拳を振り下ろし、バルキアスが爪で身体を切り裂こうとする。

そこにキャロが加わったことで闇の妖精王はいっそう防戦一方になってしまっていた。

「くっ、ちょこまかと面倒臭《めんどうくさ》い……！　どれだけ抵抗《ていこう》しようともいずれあなたたちは負けるのよ！」

苛立ち、不満を口にするが、キャロたちは攻撃に集中しており、言葉を返すことはない。

それが一層、闇の妖精王を苛立たせていた。

「このっ……くそ虫どもがあああああああああ！」

闇の妖精王はこれまで、自身への影響を最小限にするため、鎌には軽く手を添《そ》えておいただけだったが、このままでは埒《らち》が明かないと思い切り力を込めて、力強く鎌を振るう。

その瞬間、闇の妖精王の手の爛《ただ》れが勢いを増す。

本来なら痛みに悲鳴をあげるくらいだが、怒《いか》りが痛みを忘れさせている。

そして、この鎌は持ち主が込めた力に応じて威力を発揮する。

最初に攻撃した際はさほど力をいれていなかったにもかかわらず、あれだけの高威力の攻撃を繰り出していた。

今回のこの攻撃にはそれをはるかに上回る威力が込められている。

「みんな、避けて下さいっ！」

鎌はシンプルに横凪《よこな》ぎに振るわれている。

それを確認したキャロはしゃがみ、バルキアスは跳躍《ちょうやく》して避けた。

「ふっ、まずは一匹《ぴき》！」

一人その場に残ったイフリアは巨体のまま攻撃しており、闇の妖精王は狙いすましたように力強く鎌を振り、身体を真っ二つにする軌道《きどう》をたどろうとしている。

『ふうっ』

当たると思った次の瞬間、ぼわんという音と煙とともに、イフリアは一瞬《いっしゅん》で子竜サイズに変化して、攻撃を避けることに成功する。

「はぁっ⁉」

確実に命中すると思っていたのに、空を切ってしまったことで闇の妖精王はバランスを崩《くず》してしまう。

『今だ！』

バルキアスはその隙を狙って、尻尾《しっぽ》を闇の妖精王の足に絡《から》みつかせる。

攻撃ではないが、死角からの意表をついた行動は、完全に闇の妖精王の予想外の動きであるため、動きを崩すのに成功する。

「やあああああ！」

獣力を使い、スピード、力を一気にブーストさせたキャロの一撃が胸に向かって伸《の》びる。

「ぐあああああっ！」

そこが弱点であることは闇の妖精王自身も理解しており、いつか狙われるとは思っていたが、このタイミングではキャロの攻撃を回避することができずにいる。

結果、キャロの剣が胸に届く。

「甘《あま》いわよっ！」

しかし、その瞬間、胸の魔石が光《ひか》り輝《かがや》いて外に魔力を放った。

弱点だからこそ、ここを狙われることは想定済みで、いざという時のために攻撃用の魔《ま》法《ほう》を一発だけ魔石にかけていた。

「くっ、だからって……諦《あきら》めませんっ！」

それでもキャロはひるまず、そのまま剣を止めず、剣と魔力が衝突《しょうとつ》する。

キャロの膂力《りょりょく》、獣力、魔力は世界でも高い水準にある。

しかし、闇の妖精王の胸にある魔石は無尽蔵の魔力を生み出しているため、そんなキャロの攻撃すらも凌駕《りょうが》していく。

「くうううううっ、あああああっ……！」

しばらく拮抗《きっこう》していたが、キャロはついに弾き飛ばされてしまった。

（よくやった）

体勢を崩されてしまったようにみえたが、キャロの目的は魔石の破壊ではなく、魔石を見えるようにしてアタルと魔石の射線を確保することだった。

キャロが引き下がったその瞬間には引き金は既に引かれており、弾丸《だんがん》が飛び出していく。

今回選んだ弾丸は回転する弾丸――ジャイロバレット（玄《げん》）。

これが視界の外から、しかし確実に真っすぐ捉《とら》えて命中する。

「ぐあああああああああああああああああああっ！」

気配を消したアタルの攻撃を避けられず、闇の妖精王の力の根源が直接攻撃されている。

それは彼女を苦しみの淵《ふち》に陥《おとしい》れる。

まるで心臓を直接切り刻まれるかのような痛みが襲いかかっていた。

痛みに硬直《こうちょく》した身体は、ただ襲い来る苦痛から逃《のが》れることにしか意識が向いていない。

ダメージを与えているのは反応からもわかっていた。

だが、目的はこの魔石を破壊《はかい》することだというのに、相当な硬《かた》さを誇《ほこ》る魔石相手にジャイロバレットは削《けず》り切れず、途中《とちゅう》で回転を止めてしまった。

「まだだ！」

針に糸を通すような繊細《せんさい》な攻撃だが、アタルは次の一射で先行しているジャイロバレットを後ろから新しい弾丸で押《お》し込んでいく。

「ぎゃあああああああ！」

叫《さけ》び声《ごえ》は更に大きくなるが、それでもまだ魔石を破壊するまでに至らない。

「やあああああああああああっ！」

そこにキャロの一撃が振り下ろされた。

先ほど弾《はじ》かれた時には、あえて力を少し抜くことで相手を油断させていた。

だが、今度の攻撃は違《ちが》う。

全力で、本気で、思い切り振り下ろされた剣はアタルの弾丸を更に押し込んで、そのまま魔石にヒビをいれることに成功する。

「いやっ！　いやよおおおおおおおおっ！」

闇の妖精王は苦しみの中にあったが、力を振り絞《しぼ》ってキャロの身体を思い切り突き飛ばす。

「……あっ！」

最後の一撃にがむしゃらに動いた闇の妖精王の不意打ちでキャロは攻撃を決めきれない。

あと一歩、いや半歩で目的を達成することができたのに！

そんな後悔《こうかい》がキャロに降りかかり、その表情は悔しさに満ち溢《あふ》れていた。

「――いや、十分だ」

キャロがいる場所からはかなり離れているはずなのに、アタルの声をはっきりと感じた。

いくら彼女の耳がいいとはいえ、ここまで届くはずはない。

「っ――はいっ！」

それなのに、アタルの声は彼女の耳に届き、これで完全に目的を達成できたのだと、安心させる。

アタルがこのタイミングで発射した弾丸は三発。

一発目はアタルの最初の弾丸を弾き飛ばす。

二発目は二番目の弾丸を吹き飛ばす。

そして、最後の一発はキャロが手放してしまった剣の柄《つか》に命中し、そのまま剣を魔石に押し込んでいく。

アタルの弾丸よりも鋭《するど》く、未《ま》だキャロの獣力が残っている。

この剣ならば、確実に魔石を壊《こわ》せるという判断のもとによる攻撃だった。

押し込まれた剣は魔石のヒビを大きなものにし、そしてついには魔石を打ち砕いた。

「ああああああああああああああああああああああっ！」

身体の中でガラスが割れるような音がし、それが耳に届いたと思った瞬間、最後の叫び声をあげる闇の妖精王の身体は痛みからのけぞるようにして硬直していた。

これで、彼女を守り、構成し、その力を強化する魔力《まりょく》の根源は消えた。

「が、あ、あぁ…………」

そして、何かにすがるように手を伸ばした闇の妖精王はその場にばたりと倒れ、意識を失った。

第八話　カオスドラゴン

倒れた闇の妖精王からは、蒸発するように闇の魔力が抜けていくのが見て取れた。

そして、本来の姿である水の妖精王へと戻り始めている。

透《す》き通った美しい湖を思わせるような水色の髪に、優しい色合いの漢服風の服を身にまとい、その背には水をそのまま蝶《ちょう》の羽根のようにした綺麗な羽が折りたたまれている。

「ふう、これで色々解決……してないな」

アタルは周囲を見回して怪訝《けげん》な表情で呟《つぶや》く。

今回の問題であるはずの魔石を壊したはずなのに、周囲に漂《ただよ》う闇の魔力は消えるどころか、増大して空気中の魔力密度が濃《こ》くなっている。

「なんでこんな……」

キャロも茫然《ぼうぜん》としながら周囲を見回している。

「どういうことだ？」

アタルは先ほど打ち砕いた魔石を魔眼で確認する。

欠片《かけら》が近くに落ちているため、すぐに見つけることができたが、魔石から全く力を感じないことに違和感《いわかん》を覚える。

あれほどの力を秘《ひ》めていた魔石であれば、壊れたからといってすぐに全ての力を失うとは思えない。

「これは、ただの石だ……」

訝《いぶか》しげな表情をしたアタルが欠片の一つを手に取って確認するが、それはなんの力も持っていないただの黒い石だった。

アタルは強力な魔石に込められた力が闇の妖精王の力の源となっており、それこそ特別な魔石だと思っていた。

『……くっくっく』

すると、どこからか声が聞こえてくる。

「な、なんだ⁉」

禍々《まがまが》しさを伴《ともな》った声であるため、珍《めずら》しくアタルにも動揺《どうよう》が見えた。

先ほどまでは闇の力が濃くなったとしか思わなかったが、声が聞こえてからはその魔力が、空気が質量を持ったかのように重さを感じる。

『ガルルルルル！』

バルキアスは牙《きば》をむき出しにして、警戒している。

『これは……かなり嫌《いや》な力だな』

イフリアも同じように最大限の警戒を払《はら》っている。

『まさかあの外殻《がいかく》を壊すものがいるとはな、あの小娘《こむすめ》を操《あやつ》ったかいがあるというものだ』

声の主の気配がどんどん強くなっていく。

「これは……噂《うわさ》の魔竜《まりゅう》か」

この状況で、闇の妖精王を操っていた黒幕ともなれば、封印《ふういん》されているという魔竜以外にいない。

『ほう、我のことを知っているとは、なかなか勉強しているようだ』

アタルが魔竜を知っているということに機嫌《きげん》を良くしたようで、少しだけ圧が弱まる。

「はあ、魔竜ということは聞いているが、お前は実際には何者で、どこから話しかけているのか教えてもらえるか？」

アタルは魔眼で、キャロは耳で、バルキアスは鼻で、イフリアは魔力感知で居場所を探《さぐ》ろうとしているが、未だにどこにいるか把握《はあく》できていない。

『くっくっく、そうだったな。封印の最後の一手が打ち崩されたことが嬉《うれ》しくて、出るのを忘れていたわ……少し下がるといい』

最後の言葉はアタルに向けて言ったものであり、それを感じ取って数歩後ろに下がる。

具体的には、打ち砕いた魔石《ませき》がある場所から距離《きょり》をとる形となる。

『さて、久しぶりの外の空気だな！』

打ち震《ふる》えるように喜んでいるような声がすると、次の瞬間《しゅんかん》、アタルが先ほど見ていた砕かれた魔石から光が放たれ、その中心からもくもくと紫色《むらさきいろ》の煙が巻き起こっていく。

『さあさあ、幾百年、幾千年《いくせんねん》ぶりの外の世界、楽しませてもらおうではないか！』

噴出《ふんしゅつ》した煙はやがて一か所に集まっていき、それが魔竜を形作る。

『ぐおおおおおおおおおおおおおおおお！』

そして体を得た魔竜が翼を大きく広げて咆哮《ほうこう》を上げた。

耳をつんざくその声と同時に、姿を現した魔竜の影響か、先ほどまで重さを感じていた空気が更に重くなったのを感じる。

耳を塞《ふさ》いでも聞こえてくるけたたましい咆哮。

びりびりと空気が震え、重力魔法でも使われたかのような重苦しい空気に対してアタルはしかめっ面《つら》になる。

「ううう……」

キャロは他の三人より耳が良すぎるため、この音はきつく、ぺたんと耳に蓋《ふた》をしたその上から手で押さえている。

それでも、音はそれを通過して聞こえてくるため、座《すわ》り込んでうめき声をあげてしまう。

『あああああ、うるさいぞおおお！』

バルキアスも渋《しぶ》い顔で文句を口にしながらも、伏《ふ》せのような姿勢で耳を押さえている。

『があああああああああああああああああ！』

ただ一人、イフリアだけが対抗《たいこう》しようと、雄たけびを返している。

「お前は対抗するんじゃない！」

そんなイフリアのことを注意しようと、アタルは耳を塞ぎながら近づいてイフリアの身体に体当たりをする。

『む、邪魔《じゃま》をするな』

注意をされたが、アタルの声は聞き取れていないため、ただぶつかられたという認識《にんしき》であり、声を出しているのを邪魔されたことに不満そうな顔をしていた。

『ふははは！　我《わ》が名はカオスドラゴン、闇を司《つかさど》りし宝石竜《りゅう》なり！』

魔竜は嬉しそうな声で機嫌よく名乗りを上げる。

やはり伝承と今までの経験から推測したように、九匹目の宝石竜である。

「だから、うるさいっ！　もう少し声のトーンを落とせ！　あと、お前はなんで宝石の名前がついてないんだ」

アタルは耳を押さえながら苛立ち交じりに問いかける。

これまで戦ってきた宝石竜は額に宝石が埋《う》め込まれており、その宝石がそのまま名前になっていた。

オニキスドラゴンやアクアマリンドラゴンなどがそうであったように。

しかし、目の前の宝石竜は額に黒い宝石が埋め込まれているにも拘《かか》わらず、その名はカオス――つまり混沌《こんとん》を意味するものだった。

『ふむ、それは簡単なことだ。神に名をつけられたが、名前が長すぎた』

「はあ？」

「えっと、どういうことでしょうか？」

思わぬ回答に呆気《あっけ》にとられたアタルとキャロは、同じ方向に首を傾《かし》げてしまう。

『この額の宝石、なにかわかるか？』

機嫌がいいカオスドラゴンは自らの額を指さして質問してくる。

「黒い宝石か。オニキスは倒したから違うし、黒曜石……オブシダンとかか？」

『ふん』

アタルの予想を聞いて、カオスドラゴンはあざ笑うように鼻を鳴らす。

『はあ、そのような下等な宝石を冠《かん》するものが封印されるとでも思うのか？　我が宝石を包む外殻を破壊《はかい》した者ともなれば、少しは期待したのだが……がっかりだ』

カオスドラゴンはやれやれといった様子で肩《かた》を落とし、あからさまにため息をつく。

「そこまで言うなら相当な宝石なんだろうな？　言ってみろよ」

耳がやられて不機嫌《ふきげん》なアタルは少々苛立ちながら、カオスドラゴンに答えを迫《せま》る。

『ふっふっふ、全ての光を飲み込むかのような深淵《しんえん》の闇のような黒。しかして、闇の輝きは他の宝石とは異なる気品を持つ。我が宝石は、ブラックダイアモンドだ！』

その言葉とともに自慢《じまん》げに胸を張ったカオスドラゴン。

その額に輝くブラックダイアモンド自身がきらりと光を放った。

「ブラックダイアモンドドラゴンか……確かに名前は長い、かもしれないな」

他の宝石竜と比べればやや長い名前であるため、カオスドラゴンの言い分もわからなくないが、それほど威張《いば》るものなのかとアタルは呆《あき》れていた。

「――って、いやいや、そもそも神から与《あた》えられた名前なんだろ？　それを自分で変えていいのか？　名前には力が宿るんじゃないのか？」

特に魔法があるような世界では、その傾向《けいこう》が強いのではないかとアタルは考えていた。

『ふっふっふ、我ほどになるとそのような縛《しば》りは存在しない。むしろ我自身がつけた名前にこそ力が宿っているのだ！』

そう言い切るカオスドラゴンの身体からは確かに強い力を感じられた。

『さて、色々と話ができたのは確かに面白《おもしろ》いことで、有意義だった。そして、封印を解いてくれたことを感謝する』

ここまでのカオスドラゴンの言い分を考えると、闇《やみ》の妖精王の胸に装着されていた魔石の外側の硬い外殻部分がカオスドラゴンを封印する最後の一手だったようだ。

その魔石を手にした水の妖精王は、闇の魔力《まりょく》に侵食《しんしょく》されて闇の妖精王になってしまった。

しかし、それはその封印を解けるほど強い相手を探しだすためのカオスドラゴンの策略だった。

あの魔石を封印していた外側はかなり強固で、通常の攻撃では傷をつけることすら敵《かな》わない。

さすが神が施《ほどこ》した封印であるといわんばかりの強度だった。

しかし、今回の戦いの中でアタルの弾丸、キャロの剣戟《けんげき》——この二つが組み合わされて解放されることになった。

『ふむ、そうだな……楽しませてもらい、なにより封印より解放してもらった礼として、貴様らをあっさりと殺してやろう！』

愉快《ゆかい》だというように笑ったカオスドラゴンはスッと目を細めてアタルたちを見る。

次の瞬間、一気にこの場の空気が重くなるのを感じた。

カオスドラゴンはこれまで和《なご》やかに話していたが、混沌を冠する宝石竜であり、自分を封印した神を、それを許したこの世界を、全てを破壊するつもりだった。

まともに狂《くる》っている相手ほど怖《こわ》いものはないと、アタルたちは全員が戦闘《せんとう》態勢に入る。

『GRAAAAAAAAAAAAA！』

力をのせた雄たけびは空気を震わせ、アタルたちはそれに対して耳を塞ぐことなく、それぞれが自らの持つ力を高めていた。

カオスドラゴンの力に引き寄せられるかのように、周囲の闇の魔力はどんどん濃くなる。

ここまでの魔力濃度《のうど》になると、いよいよもってアタルたち以外では戦うことができない。

しかし、状況は大詰《おおづ》めであり、これを乗り越《こ》えれば妖精の国での戦いを終わらせることができる。

「はあ、こっちに来てから色々あったよ。荒野《こうや》のやつとの戦い、砦《とりで》の奪還《だっかん》、それから水の妖精王の解放……やっとここで決着がつけられるな」

この長い戦いに終わりが見えてきたことで、アタルは少々の高揚感《こうようかん》がわき始めていた。

カオスドラゴンさえ倒してしまえば、全ての戦いに終止符《しゅうしふ》が打てる。

そう考えると、ここが決め時であるとわかったアタルは自然と笑いがこみあげてきて、その身体を玄武《げんぶ》の力で覆《おお》っていく。

「これで、最後ですっ！」

キャロも自らを青龍《せいりゅう》の力で包み込み、獣力《じゅうりょく》の精度を高めていく。

もちろんバルキアスは全ての力を強化するために、白虎《びゃっこ》の力で身体を包んでいく。

これによって、速度、力、耐久力《たいきゅうりょく》と全てが強化されていく。

そんな三人だが、先ほどまでの闇の妖精王との戦いで、細かいながら傷を負っていたり、疲労《ひろう》も蓄積《ちくせき》したりしている。

『戦う前に、仕切り直せるようにしよう』

それを治癒《ちゆ》させるために、イフリアは朱雀《すざく》の力を高め、青い炎を燃やしていく。

この力は再生の炎と呼ばれており、アタルたちの怪我《けが》を治していき、体力すら回復させる。

「助かる――これで、俺たちも全力で戦える！」

それでも魔力は消費しており、体力も無理やり回復させている状況であるため、これが本当に最後の戦いだという覚悟《かくご》を持って自分たちを奮い立たせていた。

第九話　最終決戦

『それでは貴様らの力を見せてもらうとしよう』

ゆっくりと動き始めるカオスドラゴンは、アタルたちの出方を見ているようだった。

あっさり殺すとは言ったものの、アタルたちと戦うのを楽しみにしている気持ちがある。

これまで戦ってきた宝石竜よりも強力な力をもっており、簡単にはいかない相手であることをアタルたちは理解していた。

『いっくよおおおお！』

その状況にあって、先鋒《せんぽう》を買って出たのはバルキアスだった。

地面を蹴《け》ってカオスドラゴンへと向かって行く。

最初のひと蹴りよりも次の一歩は強くなり、その次、その次と、地面を蹴る力は高まり、徐々《じょじょ》に速度があがっていく。

緩急《かんきゅう》をつけることで、カオスドラゴンに捕捉《ほそく》されにくくしていた。

『ほうほう、これはなかなか。格が低いとはいえ、神の力を使いこなしているのは見事だな』

それに対して余裕《よゆう》の表情を見せるカオスドラゴン。

速度が上がってきているとはいえ、まだまだ対応できる範囲内《はんいない》であり、明らかに見下す態度をとっている。

「余裕そうなことを言っているみたいだが、俺の仲間は――強いぞ？」

『なにをほざく、この程度の動きなど……っ⁉』

そう言って一瞬だけアタルを見て、再びバルキアスに視線を戻した時にはそこに姿はなかった。

『なっ、どこに！』

と慌《あわ》てたカオスドラゴンはバルキアスの居場所を確認しようとする。

『くらええええええ！』

しかし、あの一瞬で速度をあげたバルキアスはカオスドラゴンの左後方に移動しており、死角からの攻撃《こうげき》を繰り出している。

『ふん、甘いわ！』

しかし、カオスドラゴンはその攻撃を予想しており、バルキアスめがけて拳《こぶし》を振《ふ》り下ろしている。

目での確認はできなかったが、バルキアスが発している白虎《びゃっこ》の力は強力で、感知するのは容易だった。

『浅はかな攻撃には、それ相応の対処をせねばなあああ！』

その拳には闇の魔力がふんだんに込められており、バルキアスと衝突する。

『うおおおおお！』

なんらかの対処をしてくると予想していたバルキアスは、頭のあたりに力を集中させており、そのまま頭突《ずつ》きでカオスドラゴンの拳と衝突していく。

『ほう、なかなかの力を持っているではないか。だが、これでどうだあああ！』

カオスドラゴンは繰り出していたのとは反対の手を振り下ろして、バルキアスに攻撃をしかけていく。

しかし、これはバルキアス『たち』の狙《ねら》いどおりだった。

『くらええええええ！』

そこへ再生の青い炎《ほのお》を纏《まと》ったイフリアの拳が、見事にカオスドラゴンの顔にクリーンヒットする。

『ぬわあああああ！』

予想外の方向からの攻撃にカオスドラゴンは数歩動かされてしまう。

その頬の部分が青い炎によって燃えている。

それと同時に周囲の闇の魔力も、少しずつ再生の炎によって燃やされていた。

『ふむ、気配を消しての攻撃は有効だが、力を高める時間が少ない分、威力《いりよく》に関しては少々弱いようだ』

イフリアは魔力を全て消して、しかも小さい身体《からだ》で、魔力感知にも視界にも捕捉されないようにしていた。

そして、バルキアスが完全に注意をひいたところで巨大化《きよだいか》からの朱雀《すざく》の力を込めた拳による攻撃。

『小癪《こしやく》なことをしよる』

クリーンヒットしたが、ダメージ量は少ないらしくカオスドラゴンは平然としている。

『そんなことを言っていていいのか？　貴様の魔力は我が炎によって燃やされているぞ』

イフリアは自らの姿を確認されたことで、隠《かく》す必要がなくなったため、堂々と朱雀の力を使って、周囲を燃やしていく。

『ふん、その程度のことでなにを偉《えら》そうに。我が魔力は無限なり！』

カオスドラゴンが少し意識をするだけで、再び周囲の魔力が濃くなっていく。

この周囲の魔力密度はかなり濃くなっており、アタルたちでも四神の力が揺《ゆ》らげば満足に動くことが難しいほどの濃さを持っている。

「なるほどな。ちょっとやそっとの攻撃では大した効果は見込めないってことか」

「ですねっ！」

様子を見るためにバルキアスとイフリアに先行させたが、出《だ》し惜《お》しみをしていて勝てる相手ではないとわかっているアタルも銃《じゅう》を構え、キャロも武器を手にする。

神が作り出した魔竜、神の力を宿した四人の戦いが本格的になっていった……。


それと同時期、闇の妖精《ようせい》王の城が遠くに見える範囲《はんい》に光の妖精の集団がやってきていた。

「あれが闇の妖精王の城か……」

先頭にいたジークムートは険しい顔で城を睨《にら》んでいる。

「キャロ……」

その隣《となり》には妻のハンナがおり、不安そうな顔で胸元《むなもと》を押さえた彼女《かのじょ》は、前線で戦っているはずの娘《むすめ》のことを心配しているようだ。

「我々もあそこまで行きたいところですが、さすがにあれほどの濃さを持っているとなかなか難しいですね」

難しい表情でベルはアタルたちのことを心配していた。

ここまでは、アタルが光の魔法弾《まほうだん》で作ってくれた道を、更《さら》に光の妖精の力を使うことで安全な道にしてやってくることができた。

しかし、彼《かれ》らが戦っている城の周囲はかなりの濃度《のうど》の闇の魔力が充満《じゅうまん》しており、光の妖精である彼らでは近づくことができない。

「申し訳ありませんが、少しずつでも浄化《じょうか》を続けていって下さい。少しでも近づくことで、みんなの力になれるかもしれませんから……」

硬い表情のジークムートは、ベルに真剣《しんけん》な姿勢で頼《たの》みこむ。

現状で自分たちはなにもすることができない。

しかし、この先のなにがチャンスになるか、なにが最後のひと押しになるかわからない。

ならば、少しでもあがき続けたいと考えていた。

「もちろんです！　みんな、浄化を続けて下さい！」

それはベルも同様に思っており、すぐに部下に指示を出して、自らも光の力を行使していく。

「――くっ、これは……」

だが城に近づいてくるにつれて闇の魔法の力は強く、ずっと光の妖精魔法を行使していたベルの表情は苦しい。

持てる力の限りを尽《つ》くして闇の魔力の浄化をしていくが、ここまでにかなりの妖精魔力《ようせいまりょく》を消費してきたせいで、疲労が蓄積しているのは明らかだ。

それに加えて城周辺から漏《も》れ出ている闇の魔力はかなり強力で、浄化してもすぐに元に戻《もど》ってしまっていた。

それでもなんとか浄化を続けていくが、ベルの表情は芳《かんば》しくなく、浄化が捗《はかど》らない焦燥《しょうそう》感に包まれている。

「おい！　なんだその顔は！　そんなことでは、あの化け物を倒《たお》すことはできんぞ！」

「……わあっ！」

デカイ声とともに登場して、ベルの背中をバシンと気合を入れるように叩《たた》いたのは荒野の妖精王こと、ティーガーだった。

「あいたたっ……って、き、君は、荒野の？　なんでこんな場所に？」

荒野の妖精王とはアタルたちを通してカティが和平交渉《こうしょう》をしてくれた。

しかし、その内容は闇の妖精王との戦いが終わるまでの不可侵《ふかしん》しか決めていない。

ゆえに、なぜこんな場所に彼がいるのかベルは疑問に思っていた。

「なんでだと？　決まっているだろうが。俺たちも今回の戦いに参加しに来たんだぞ！」

そう言ったティーガーは左右の拳をぶつけ合い、気合がみなぎっていることを現す。

「――とはいっても、君だってここから先には進めないんじゃないかい？」

武闘派《ぶとうは》のティーガーが闇の魔力を浄化する術《すべ》を持っているとは思えない。

「がっはっは、わかっているじゃないか。まあ、なんの手もなくここにやってくるわけもない」

そう言うと、ティーガーはチラリと後方に視線を向ける。

「はあ、はあ……もう……ちょ、ちょっと速いですよ」

そこに息も荒《あら》く姿を現したのは肥沃《ひよく》な大地の妖精王だった。

水の妖精王と同じく女性の妖精で、キラキラと輝き、ふわりとやわらかいウェーブを描《えが》く緑色の髪《かみ》が風に揺れて美しい。

少し薄着《うすぎ》なんじゃないかと思うほどの布に隠された身体は妖精ならではの小ささではあるが、女性らしい豊満な体形をしている。

しかし、よほど急いだためか、肩で息をする今は項垂《うなだ》れており、顔が髪で完全に隠れてしまっていた。

「君は、ミリアムじゃないか。君までどうしたんだ？」

彼女はかなり早い段階でベルに同盟を申し込んでおり、協力関係にあった。

しかし、戦闘タイプではない彼女が前線に出てくることは想定しておらず、ベルは驚《おどろ》いていた。

「はあ、はあ……この、筋肉、バカに、連れてこられたんですのよっ……」

静かな怒りの表情で息を切らしながらここまでやってきた理由を説明する。

「ティーガー、どういうこと？」

彼女にここまで無理をさせたことに、ベルは不審《ふしん》な者を見るような視線をティーガーに向ける。

「おうおう、そんな怖い目をするな。俺《おれ》は俺たちの特性を活《い》かした名案をもとに加勢にきたんだぞ？　ほれ、ミリアム。例のものを頼む」

「はいはい、わかりましたわ……」

急がせるティーガーに呆れつつも、ミリアム率いる肥沃な大地の妖精部隊が、なにやら箱を運んでくる。

「これは？」

ガチャガチャと音がしているため、中身が金属、もしくは金属でできているなにかであることだけはわかる。

「ふっふっふ、ベル、お前は言ったな。我々にはこの闇の魔力をどうすることもできないと。だから、できるようにしたんだ！　む、固いな。ええい、面倒臭《めんどうくさ》い、これでどうだ！」

ふふんと胸を張るティーガーはドヤ顔をしてから、固く閉ざされた箱を強引《ごういん》に無理やり開けて中身をあらわにしていく。

「――籠手《こて》？」

ベルの言葉に満足そうに頷《うなず》くティーガーに呆れた視線を向けながら、優《やさ》しく微笑《ほほえ》んだミリアムがゆったりとした声音《こわね》で補足する。

「ただの籠手じゃありませんわ。魔力、もしくは妖精魔力を込めることで闇の魔力を浄化する力を纏わせることができますの。しかも込める力は少なくてもそれを増幅《ぞうふく》するような効果を持っているんですよ」

これならば妖精魔力などが弱いティーガーたち荒野の妖精たちでも十分な効果を発揮することができる。

「がっはっは、そういうわけだからここからは任せておけ！　おい、お前らこれを装備して闇を払うぞ！」

ティーガーは上機嫌《じょうきげん》で自らもその籠手を身に着けて闇に向かって行く。

「す、すごいけど、十八番《おはこ》を取られたようでちょっと複雑な気分かも」

同年代の妖精王二人が来たことで、ベルは素の口調になって子どもっぽい反応を示している。

「なに言っているんですの？　ベル君たちの分も用意しているのだから、早く身に着けてくださいな！」

そう言ってミリアムは別の箱を彼らの前に運ばせる。

「みなさんは肉体で戦うタイプではなく、そもそも本来の力の属性が光。しかし、この闇の魔力に抗《こう》するのは現状の力では難しいはず。ならば、その力――増幅させましょう？」

妖艶《ようえん》な笑《え》みを浮《う》かべたミリアムが箱を開けると、そこには銀色の腕輪《うでわ》がいくつも入っていた。

「これは、身に着けている者の力を増幅して発動することができますわ。しかも、これはベル君たち用にカスタマイズされているもので、光の力だと更に強く発動することが可能ですの――肥沃な大地の妖精の技術の粋《すい》を集めて作りましたのよ」

ふわっと笑ったミリアムに対して、ベルの表情が新しいおもちゃをもらった子供のようにきらきらと輝く。

「ミリアム、ありがとう！　これならなんとかなるよ！　すごく助かる、ほんっとうにありがとう！」

興奮交じりに嬉しそうにしているベルは彼女の手をとって感謝を伝える。

「べ、別にあなたのためにやったわけじゃなくて、妖精の国の一大事だから私もなんとかしないとって思っただけですわ……」

　急に距離感が縮まったことにドキッとしたミリアムは頬を赤く染めて、視線を逸《そ》らしながらそんな風に強がってしまう。

　もしここにアタルがいれば『ツンデレだ』と突っ込んでいただろうが、そんな言葉は彼らの中には存在していなかった。

「みんな、ミリアムが腕輪を用意してくれたよ、すぐに装備して浄化を始めよう！　ミリアム、ありがとう！」

「「「「ミリアム様、ありがとうございます！」」」」

　ベルが改めて礼を言うと、光の妖精兵たちも声をそろえて感謝の気持ちを伝える。

「き、気にしなくていいですわ。そもそも、みなさんのためだけに作ったわけじゃないですし……。あ、素材とかお金は気にしなくて大丈夫《だいじょうぶ》です。うちに余っていた素材を加工しただけですし、それに私たちには物を作ることしかできないから……」

　肥沃な大地は、その名のとおり素材が多く採れ、作物の育ちも特別よい領域である。

　しかし、そちらに住んでいる人々のほとんどが魔力、妖精魔力、筋力のどれもが戦闘できる水準に達していない。

　だからこそ彼女らはそれを補うように、製作能力に特化しており、妖精の国における便利グッズは全《すべ》て肥沃な大地で作られたものだった。

「その作れることがすごいんだよ！　ありがたく使わせてもらうよ！　みんな、行こう！」

「「「「はい」」」」

腕輪を装着した光の妖精たちは、既《すで》に攻撃を開始している荒野の妖精たちの隣で浄化を始めていく。

先ほどまでとは異なり、順調に確実に浄化は進んでいた。

（アタルさん、みなさん、いま行きます！）

アタルたちが戦っている音は、離《はな》れているこの場所にまで聞こえてきており、この世界の命運を彼らにだけ任せるわけにはいかないとベルは強い力をもって浄化速度をあげていく……。


「キャロ、気づいているか？」

「もちろんですっ！」

戦いながらアタルが声をかける。

二人はこの場の微細《びさい》な変化を感じ取っていた。

依然《いぜん》としてカオスドラゴンからは闇の魔力が放出されており、この場を闇の魔力で満たしている。

しかし、それよりも浄化の速度が徐々に上回ってきている。

これは、離れた場所で浄化をしてくれているベルたちの功績である。

アタルは遠距離攻撃《えんきよりこうげき》、キャロもいったん離れているために気づいたことであるが、カオスドラゴンは自身が魔力の発生源のせいもあってか、気づく様子はない。

「押《お》していくぞ！」

「はいっ！」

この状況《じょうきょう》を好機ととらえたアタルたちは、ベルたちが気づかれることのないように攻撃の手を強める。

アタルはハンドガンに持ち替《か》えて、光の魔法弾を連続して撃《う》ちこむ。

こちらは致命傷《ちめいしょう》を与えるのは難しいが、カオスドラゴンの周囲にある闇の魔力を削《けず》っていくのが狙いである。

「せやあああっ！」

キャロはカオスドラゴンの右足に集中して攻撃を加えていく。

青龍《せいりゅう》、獣力、魔力《まりょく》、膂力《りょりょく》――これまでにキャロが旅をして手に入れた力たち。

これらの組み合わせによる攻撃はカオスドラゴンの強固な皮膚《ひふ》をも切り裂《さ》いて、ダメージを与えていく。

『ちょこまかとうるさい！』

そんなキャロのことを薙《な》ぎ払おうと尻尾《しっぽ》を振り回す。

『させんわ！』

そこへ、イフリアが割り込んで尻尾を受け止めた。

その間にバルキアスがキャロを乗せて走り出し、イフリアが捕《つか》まえている尻尾を駆《か》け上がっていく。

『いっくぞおおおおお！』

バルキアスは途中《とちゅう》でカオスドラゴンの尻尾から飛び上がって、胸のあたりに突撃《とつげき》する。

白虎の力、自身の力が混ぜ合わさった攻撃がそのまま直撃《ちょくげき》した。

イフリアが未《ま》だ尻尾を握《にぎ》っているため、カオスドラゴンは衝撃《しょうげき》を逃《に》がすことができずに全てのダメージを受けた。

『ぬおおおおお！　この犬ふぜいがあああ！』

苛立《いらだ》つカオスドラゴンは、イフリアを殴《なぐ》りつけて尻尾を離させて自由を取り戻し、更にバルキアスめがけて噛《か》みつこうとする。

このままではカオスドラゴンの鋭《するど》い牙によって、ずたずたにされてしまう。

そんな危険な瞬間であるにもかかわらず、誰《だれ》もが、当のバルキアスですら動揺していない。

全員が力を合わせれば倒せる――そう勝利を確信していた。

バルキアスが攻撃に転じようと尻尾から跳躍《ちょうやく》した時点で、キャロが更に高い場所に飛び上がっている。

「やあああああ！」

カオスドラゴンの牙が空中にいるバルキアスに届くかと思われた寸前、キャロはカオスドラゴンの顔に、正確には右目に斬《き》りつけた。

『うぐああああああああ、この獣ふぜいがあああああああああああ！』

今度はキャロに向けて怒《いか》りを放ち、腕《うで》を振り下ろそうとする。

「――油断しすぎだ」

ボソリと呟《つぶや》いたアタルは、彼女を守るようにライフルを構えて傷ついていない反対の目を光の魔法弾（玄《げん》）で狙っていく。

真っすぐ飛んでいく弾丸《だんがん》だったが、命中する寸前でカオスドラゴンは顔を後ろに引いて、弾丸は空中を突《つ》き抜《ぬ》けるだけになってしまった。

『先ほどから連続して攻撃することで個々の弱さを補っているようだが、さすがに貴様のそれはわかりやすい！』

キャロ、イフリア、バルキアス、キャロと順番に攻撃していけば、そろそろアタルの攻撃が飛んでくることは予想でき、アタルの攻撃はきっと弱点になりうる場所を狙うだろうと判断していた。

ダメージを受けつつも、中心となるアタルの攻撃を回避《かいひ》したカオスドラゴンはニヤリと笑いながら、一度下がってアタルたちから距離をとっていく。

『貴様らが我よりも優位な点は一つ……人数だ』

現状四対一であるため、数で負けているというのがカオスドラゴンの考えである。

「それでどうするんだ？　他の宝石竜でも呼び出すのか？」

できないとわかっていて、目を細めたアタルはこの質問をする。

数の優位は確かにそのとおりだったが、ともに旅をしてきた仲間と協力して強力な相手に戦うのは当然のことであり、宝石竜の中でも異端《いたん》な存在であるカオスドラゴンに与《くみ》する者がいるとは思えなかった。

『そんなものは必要ない。我が力、とくと見よ！』

カオスドラゴンが翼《つばさ》を広げると、鱗《うろこ》がぽろぽろと身体からはがれて浮き上がっていく。

『いでよ、我が眷属《けんぞく》！』

その言葉に呼応して、鱗が竜の形へと変化していく。

「なっ⁉」

「そんなっ！」

『ち、ちっちゃいのがいっぱい！』

『あれは、自らの鱗に魔力で命を与えているようだ』

命を吹《ふ》き込むほどの強力な魔力を持っているカオスドラゴンに、アタルたちは状況の変化を感じている。

『お前たち、行け！』

カオスドラゴンの声に従い、チビカオスドラゴンがアタルたちに向かって飛んでいく。

「これはかわいらしいが、なかなか面倒《めんどう》だな」

かなりの数のチビカオスドラゴンを見て、アタルは舌打ち交じりに表情を曇《くも》らせる。

もちろん一体一体は本体ほどの力を持ってはいない。

それでも額にこれまた小さな宝石が埋め込まれており、小さいながら闇の力を使うことができるのが分かった。

『ぴいいいいいいい！』

甲高《かんだか》い鳴き声をあげながら飛んでくるチビカオスドラゴン。

その牙《きば》は小さくとも鋭く、闇の魔力を纏っている。

「とりあえず、この小さいのを迎撃《げいげき》していくぞ。ただし、デカい方への注意も怠《おこた》るなよ！」

アタルはハンドガンを取り出して、光の魔法弾を使ってチビカオスドラゴンを撃ち落としていく。

「可哀想《かわいそう》だけど、ごめんなさいっ！」

マスコットのような愛らしさが垣間見《かいまみ》えるチビカオスドラゴンに対して、キャロは謝《あやま》りながら剣《けん》で撃ち落としていた。

バルキアスも同様に倒していくが、ここで問題となるのはイフリアだった。

『ぬ、ぬぬぬ、ちょこまかとうっとうしい！』

つい先ほどまでカオスドラゴンが思っていたことをイフリアが口にしている。

巨体《きょたい》を活かして攻撃を繰《く》り出していくが、どうしてもサイズの問題で小回りが利《き》かずにかなりの数を撃ち漏らしていた。

「イフリア、小さくなれ！　カオスを相手にするには確かにデカイほうが便利だが、ちっちゃい方を相手にするには少々面倒だ！」

『う、うむ、わかった！』

いつカオスドラゴンが動いても対応できるように、イフリアはあえて巨大《きょだい》サイズのまま戦っていたが、アタルの指示をうけて小さくなろうとする。

「——待って下さい！　イフリアさんはそのままで大丈夫です！　みんな、小さなドラゴンを三人一組になって攻撃していくんだ！」

「ベル！」

イフリアに待ったをかけたのは光の妖精王、ベルだった。

ベルたちはここまでの道に滞留《たいりゅう》していた闇の魔力を浄化して、ついにアタルたちのもとへとたどり着いた。

「アタルさん、小さい竜《りゅう》は任せて下さい！　みなさんはあのデカブツの相手をお願いします」

「あぁ、雑魚《ざこ》の相手は任せておけ」

ベルの後ろからはティーガーも部下を率いてかけつけてくれた。

先ほど浄化のために使っていた肥沃な大地の妖精王が用意した装備は光の力を持っているため、チビカオスドラゴンを倒すのに相性《あいしょう》のいい武器だった。

『ちっ、他の妖精どもか。目障《めざわ》りだな……』

他の領域の妖精たちが集まってきたことに苛立ちを覚えたが、ここで重大な見落としをしていることにカオスドラゴンは気づく。

（なぜ、妖精どもがあんな風に自由に動けている？　我《わ》が眷属とまともにやりあえている？）

闇の妖精兵以外は闇の領域では動きが制限されてしまうはずだった。

アタルたちのように神の力を持っていれば、それは例外となるが、妖精たちはそんな力を持っていない。

ここで更に別のことにも気づく。

（先ほど斬られた目……なぜまだ完全に回復していない？）

アタルたち四人と戦っている際にキャロによって斬りつけられた右目。

あれから時間は経過しており、普通《ふつう》だったら既に完全回復していてもおかしくない。

そのはずなのに、右目は未だぼんやりとしており、傷はふさがりつつあるものの視力はもとに戻っていない。

『っ――まさか！』

違和感《いわかん》に気づいたカオスドラゴンはキョロキョロと周囲を見回し始める。

「今頃《いまごろ》気づいたのか。お前がアホみたいに勝ち誇《ほこ》ってくれていてこっちは助かった」

「いつ気づかれるかと思ってちょっとドキドキでしたっ」

アタルもキャロもホッとした表情になっている。

闇の領域にやってきてからここまで、闇の妖精王と戦っている時も、カオスドラゴンと戦い始めてからもずっと周囲には闇の魔力が充満しており、相手の得意なフィールドで戦っていた。

しかし、浄化が進んだ今となっては、戦い始めの時ほどの重さも密度もなく、闇が晴れつつある空もピンク色が姿を現し始めている。

『この、生意気なあああああ！　これでも喰《く》らええええええ！』

自分のほうが追い詰《つ》められていることに気づいたカオスドラゴンは、怒りに任せて攻撃に移る。

苛立ちから放たれる強力な闇の力を込めたブレス。

『させんわあああああああああああああ！』

しかし、イフリアはその攻撃を予想しており、それに合わせてブレスを打ち出していく。

とっさの闇のブレスは魔力が練りこまれていないため、準備していたイフリアのブレスが撃ち勝ち、そのままカオスドラゴンを飲み込んだ。

「――やった！」

これはこちらを窺《うかが》っていたベルの言葉。

(結果がわからないままに喜ぶのは、フラグっていうんだからな！)

嬉《うれ》しそうにするベルを見て、舌打ち交じりのアタルは心の中でツッコミをいれながら走り出す。

スナイパーの基本は自分の居場所を知られないこと。

神との戦いではその基本が守れないことが多いが、少しでも意識から外れられるように移動している。

沸《わ》き立つ妖精たちとは異なり、アタルはこの程度で終わりだとは思っていない。

ブレスを使ったイフリアはもちろんのこと、キャロとバルキアスもこれくらいで倒せるとは思っておらず、戦闘態勢を解除しない。

『この痴《し》れ者《もの》どもがああああああああああああああああああ！』

先ほどのブレスは確かにダメージを与《あた》えてはいた。

しかし、吹き出すように溢《あふ》れ出した闇《やみ》の魔力がカオスドラゴンの身体を覆っていき、みるみるうちに傷を癒《いや》して回復していく。

一気に吹き出した闇の力に圧倒《あっとう》されたベルたちの浄化の手が止まったことで、再び闇の魔力が周囲に漂《ただよ》いだしていた。

「まだだ！」

「いきます！」

アタルたち以外で油断せずに、好機を待っていたのはキャロの両親だった。

今ならまだ空気中の闇の魔力の含有量《がんゆうりょう》は少ない。

その隙《すき》を逃《のが》すまいと二人は飛び出していく。

「せやあああああ！」

「やあああああ！」

二人はキャロを失った頃《ころ》からずっと使っている、国の宝剣《ほうけん》と呼ばれていた二振りの剣を
それぞれが持ってカオスドラゴンに斬りかかっていく。

ジークムートは全獣力をこの一撃《いちげき》に、ハンナは全魔力をこの一撃に込める。

『ぐ、ぐああああああああ』

二人の攻撃によって腹のあたりに十字の傷が作り出された。

『邪魔《じゃま》、だあああああああああ！』

「がはっ！」

「きゃああああっ！」

しかし、攻撃に全力を注いだためか、その後の二人は隙だらけになってしまっており、
怒り狂《くる》ったカオスドラゴンが振り回した尻尾で吹き飛ばされてしまった。

「お父さんっ！　お母さんっ！」

キャロが悲鳴のような声をあげるが、二人は吹き飛ばされた先で大丈夫だとアピールするように手を挙げている。

命にかかわるような深刻なダメージではないが、これ以上の戦闘《せんとう》参加は無理である。

そして、二人が手にしていた宝剣はどちらもボロボロに砕《くだ》かれていた。

元々使い込んできたことによる劣化《れっか》があった。

それに加えて、カオスドラゴンの身体は闇の魔力に覆《おお》われており、それを上から無理やり斬りつけた形となり、結果として剣はその役目を終えた。

「これで少しはキャロたちの助けになっただろうか……？」

「ええ、なりましたとも。そして、きっとアタルさんたちなら倒してくれます。私たちは、少し休みましょう……」

寄り添《そ》いあうように声を掛《か》け合う二人は立ち上がることすらできない。

しかしその目に彼らの戦いぶりを焼きつけようと、視線だけはそちらを向いている。

『ぐふ――この、ふざけた戦いもこれで終わりだ。我が全力を見せてやる！』

ジークムートたちに斬られたことによるダメージは、カオスドラゴンの口から血を吐《は》き出させる。

しかし、それでもこれが最後だと全ての力を解放していくカオスドラゴンに向かって周囲の闇の力が全て集結していく。

命を燃やすがごとき力の集中に、この場にいる全員が危険を感じている。

（だが、魔力を集めきるにはまだ時間がかかるはずだ）

「イフリア！」

『承知！』

それを見たアタルとイフリアが動き始める。

玄武《げんぶ》の力をライフルに込めていく。

そこにイフリアが弾丸として放たれるためにライフルへと取り込まれる。

二人の協力技。

そしてアタルたちが持ちうる力をこめた最大級の攻撃――それが発動される。

「スピリットブレイズバレット（玄）」

アタルの玄武の力、イフリアの白き炎、そしてイフリアの霊獣《れいじゅう》としての力が込められた弾丸が真っすぐカオスドラゴンの額に向かって飛んでいく。

この一撃は朱雀に負けを認めさせた強力な攻撃《こうげき》である。

「いけ！」

狙いは額にあるブラックダイアモンド――宝石竜の弱点であるその宝石だった。

カオスドラゴンに集まっていく闇の魔力を切り裂いて真っすぐ飛んでいく。

これまでの戦いの中で使った攻撃の中で最も強力だと思われる、アタルたちが持つ必殺の一撃である。

その弾丸がブラックダイアモンドに命中した。

「なっ……！」

しかし、弾丸は数秒ブラックダイアモンドを押し込んだところで力を失って落下してしまった。

ここまでのアタルたちに使うことのできる最強の一撃。

それなのに破壊《はかい》するどころか、カオスドラゴンのブラックダイアモンドにヒビの一つも入れられなかった。

『く、くははは、それが貴様らの切り札か。確かに強力な攻撃ではあったが、我がブラックダイアモンドを傷つけることは敵《かな》わなかったようだな。では、今度はこちらが攻撃に移らせてもらおうか!!!』

見掛《みか》け倒《だお》しの攻撃だと、ダメージがなかったカオスドラゴンは馬鹿《ばか》にして笑う。

今の攻撃を見ていた妖精たちは感じていた。

アタルたちが放った攻撃は、今までここにいる誰もが見たこともないほどに強力な攻撃であり、誰もがカオスドラゴンを倒せると信じていた。

しかし、この結果となってしまい、更にはカオスドラゴンの身体に先ほどの攻撃を上回る力が集まっていることに気づいた妖精たちが愕然《がくぜん》としてその場に立ち尽くしている。

「――そんな……」

光の妖精王であるベルですら絶望を感じてしまっていた。

だが、この状況になっても、窮地《きゅうち》に追いやられているにもかかわらず、アタルはむしろ落ち着いている。

「キャロ、バル、イフリア、やるぞ」

「はいっ！」

『うん！』

『うむ！』

いつもは玄武とイフリアの力で放つスピリットバレットだが、そこに白き炎《ほのお》の力が加わっても足りなかった。

ならば、こうするのが必然のことであると、全員の意識が統一されている。

先ほど通用しなかった技をもう一度発動させるべく、アタルは玄武の力をライフルに込めていく。

アタルのことを信じているイフリアは再び目を閉じ、ライフルの中に吸収される。

だが、ここからがいつもと違《ちが》った。

アタルは自分の魔力をもライフルに込めていく。

すると銃《じゅう》は青く光りだす。

イフリアはライフルの中で朱雀の力を燃やしていく。

今度は朱雀の炎が銃を覆う。

キャロはアタルが倒れないように側に寄り添い、支えながら青龍の力をライフルに向かって流しこむ。

彼女の身体《からだ》を伝ってアタルの銃に青い蛇《へび》状の青龍の力が纏《まと》っていく。

バルキアスも反対側からアタルを支えながら白虎の力をライフルにこめていく。

緑の風を伴《ともな》った白虎の力が銃に追い風を付与《ふよ》する。

四柱の神の力が込められた弾丸。

「——今の俺たちが持てる力全てを以《もっ》て……」

時間はかかるが、これがアタルたちの今出しうる最大の攻撃だった。

仲間全員の気持ちが一つになって、アタルの銃へと注がれていく。

強い四色の神の力が集結し、カオスドラゴンに向かって撃ちだされようとしている。

『遅《おそ》いわあああああああああ！』

しかし、アタルが引き金を引く数秒前に、カオスドラゴンのブレスが撃ちだされた。

周囲に充満していた闇の魔力。

ブラックダイアモンドから生み出される闇の力。

それらが込められたこのブレスはそのままアタルたちだけでなく、他の妖精《ようせい》たちも、前方にあるブレスの範囲《はんい》にあるすべてを飲み込もうとしている。

避《よ》ければせっかく溜《た》めていた力が逃げてしまうため、アタルたちから避ける動きはない。

相殺《そうさい》できれば御《おん》の字《じ》、攻撃を受けてでも最後まで抵抗《ていこう》しようと、アタルたちは覚悟《かくご》を決める。

一瞬《いっしゅん》の差でアタルたちが負けてしまう。

その思われたが、そんなアタルたちの前で、カオスドラゴンのすさまじいブレスが勢いを失って止まっていた。

「光よ！」

「大地よ！」

「力よ！」

その理由はベル、ミリアム、ティーガーの三人の妖精王が手を振《ふ》りかざし、それぞれが持つ力のすべてを以てカオスドラゴンのブレスを防ごうとしていたからだった。

「水よ！」

そして三人だけでなく、その後ろから先ほど目覚めた水の妖精王が力を注いでいく。

この妖精の国に君臨する四人の妖精王全員の力が集結して、カオスドラゴンのブレスを食い止めている。

しかし、四人の身体への負荷《ふか》は大きく、誰もが険しい表情をし、今にも膝《ひざ》をつきそうになっており、長くはもたせることができないことは明らかだった。

しかし、この数秒が全員を救うことになった。

「――クアドラプルスピリットバレット！」

シングル、ダブル、トリプル、その上の四つの力を込めたという名を冠《かん》する、四神の力全てが込められたこの弾丸は、力を凝縮《ぎょうしゅく》してただ真っすぐにカオスドラゴンのブレスへと向かって行く。

『そのようなもの、ど……？』

スピリットブレイズバレット（玄）が大した攻撃ではなかったため、多少力をためたくらいでは効かないと言おうとした次の瞬間《しゅんかん》、妖精王たちによって止められていたはずのカオスドラゴンのブレスが弾丸によってかき消された。

（な、なんだこれは、この異常な力は、なぜブレスが消えた！　わからない、わからない、なんだというんだ！）

迫《せま》りくる弾丸がやけに遅く見えることに、カオスドラゴンは初めて恐怖《きょうふ》というものを味わっていた。

『ああああああっ！』

そして、できたことは両手を前に出すことだった。

身体にはまだ闇の魔力が残っており、通常よりも強度は上がっている。

そんなことをしても、最強のブレスすらかき消した弾丸を止めることはできず、そのまま腕が貫《つらぬ》かれてしまう。

「――無駄《むだ》だ」

ただ、この行動は決して無駄ではなかった。

『ぬおおおおお！』

カオスドラゴンの鱗の中で最も固い鱗、その一枚が左手の手背にあった。

もちろんそれも弾丸によって打ち砕かれてしまったが、そのおかげで弾丸の軌道《きどう》を少しだけずらすことに成功する。

『があああああああああああああああああああああ！』

弾丸は見事カオスドラゴンに命中した。

しかし、当初の狙《ねら》いであったブラックダイアモンドにではなく、右の目に撃ち込まれてしまった。

キャロに斬られた傷がまだ完全に回復していなかった。

そこへ神の力の弾丸を受けてしまったことでこの眼は完全に潰《つぶ》れ、カオスドラゴンの右の視界は闇に染まった。

それでもカオスドラゴンは急所を外したために生き延びた。

それは本当に偶然《ぐうぜん》で、運によるものだった。

だが死なずにこの場をなんとか切り抜けることができたのは、彼《かれ》にとってとてつもなく大きいことである。

『ぐ、おのれおのれおのれえええええ！』

痛みと苦しみから沸き起こる怒りで、血管が切れるのではないかと思うほど、カオスドラゴンの頭に血がのぼる。

しかし、かなりの力を消費してしまっており、ダメージは深刻で、ブラックダイアモンドの力も戻《もど》っていない。

この状況でカオスドラゴンにできることは一つだった。

『貴様らの顔、覚えたからな。殺すまで忘れんぞ！　ダークミスト！』

アタルたちに恨《うら》みの言葉をぶつけ、闇の霧《きり》を周囲に振りまいて自らの身体を隠《かく》す。

その瞬間、額のブラックダイアモンドが力強く光を放ち、カオスドラゴンはその場から空高くへと飛び上がる。

ただ飛んで逃げるのなら、そのまま撃ち落とそうとアタルがライフルを構えるが、カオスドラゴンが進む先のピンクの空が裂けて気味の悪い亀裂《きれつ》が入り、そのまま妖精の国の外側へと逃げていった。

カオスドラゴンが消えたことで周囲の闇の魔力も霧散《むさん》している。

しばし、沈黙《ちんもく》が場を支配する。

「――終わった、のか？」

カオスドラゴンが逃げた方向へみんなが視線を向けて静まり返る水の妖精王の城の中、誰がともなくそう呟いた。

「ま、そういうことだろうな。あいつを倒《たお》しきれなかったのは実に残念だが、これで妖精の国には平和が戻ったわけだ」

一息ついて肩《かた》をすくめたアタルが現状を鑑《かんが》みて、状況を口にする。

「「「「やったあああああああああ！」」」」

すると、割れんばかりの歓声《かんせい》が巻き起こった。

「あんなすごいのを倒したぞおお！」

「こ、ここ、怖《こわ》かったあああ」

「ま、まあ、あれくらいなら、な」

歓喜《かんき》に沸く者、恐怖に震《ふる》える者、余裕《よゆう》ぶる者などなど、それぞれの反応で今回の戦いへの気持ちの区切りをつけようとしていた。

「はあ……なんにせよなかなか強い相手だった。だが、俺《おれ》たちの新しい力を試《ため》すことができたから上々といったところだろうな」

あれほどの死闘《しとう》を繰り広《ひろ》げたというのに、アタルはあくまでも冷静に状況を分析《ぶんせき》し、戦いの中での自分たちの成長を喜んでいる。

「アタル様っ」

しかし、いつも一緒《いっしょ》にいるからこそ、キャロはアタルがいつもと違うことに気づいて、ぎゅっと彼の手を握った。

その手はかすかにだが震えているようだった。

「…………さっきのはやばかったな」

キャロの手のぬくもりにホッと気が緩《ゆる》んだアタルからやっと本音が出てくる。

カオスドラゴンのブレスを妖精王たちが防いでくれていなければ、恐《おそ》らく全員が飲み込まれて死んでいた。

最初にスピリットブレイズバレット（玄）を使う判断を下したが、最初からクアドラプルスピリットバレットを使用していれば、カオスドラゴンはブレスを使うだけの魔力を溜められずに、弾丸がブラックダイアモンドを撃ち抜いていたはずである。

「――一瞬の判断の遅さ、自分たちの力への過信が招いた結果だ。だが、次はない」

少しだけ後悔《こうかい》をしたアタル。

しかし、あえて口にすることで自分のダメだったところを改めて認識《にんしき》し、次はどうすればいいのかを考えることができた。

「キャロ、ありがとうな」

「いえいえ、当然のことをしただけですからっ」

キャロはアタルの震えが止まったためゆっくりと手を放し、今度はアタルがキャロの頭に手を伸《の》ばして優《やさ》しく撫《な》でていく。

「そ、その……！　アタル君にキャロ。お疲《つか》れ様《さま》」

「うふふー、キャロ、よく頑張《がんば》ったわね」

そんな二人のもとにキャロの両親がやってきた。

ジークムートはアタルとキャロの関係に複雑そうな表情をしており、ハンナは二人の関係が良いものだと考えて微笑《ほほえ》ましいものを見るような温かい笑顔《えがお》を見せていた。

「あ、あぁ、二人も無事だったか。尻尾で吹き飛ばされていたから心配したけど、無事なようでよかった」

かなりのダメージを受けて倒れた二人だったが、あのあとベルと水の妖精王の二人の力で傷を癒してもらっていた。

「お父さんとお母さんも大活躍《だいかつやく》でしたっ！」

二人が強力な一撃を与えたことで、あの状況が動いたといっても過言ではなかった。

「いやいや、キャロたちこそすごかったぞ！」

「そうよ、こんなに成長しただなんて……」

キャロたち家族は感激に打ち震えながら、互《たが》いを褒《ほ》めあっている。

「おわったか……」

そんな三人を横目に、色々な問題から解放されたアタルがその解放感から空を見ると、カオスドラゴンのいなくなった空は再びピンク色のオーロラが輝《かがや》く幻想的《げんそうてき》な景色に戻っていた。

未だにカオスドラゴンの恐怖に縛《しば》られていた妖精たちも、そのあたりには戦いが終わったことを実感して、涙交《なみだ》じりに抱《だ》き合いながら笑顔を取り戻していた。

第十話　戦いを終えて……

アタルたちは全員が水の妖精王の城の前に集まっていた。

カオスドラゴンがいなくなり、闇の領域から解放された城には傷が残っているものの、張り巡《めぐ》らされている水路にはどこからともなく透《す》きとおった水が湧《わ》き出して流れており、綺麗《きれい》な水晶《すいしょう》の草木が彩《いろど》りを取り戻して美しい姿をしていた。

そこには妖精王四人と、外での経験が豊富なアタルたち、そしてキャロの両親が参加している。

「この度《たび》の件では皆様《みなさま》にご迷惑《めいわく》をおかけしまして、まことに申し訳ありませんでした」

最初に謝罪をしたのは闇の力に飲み込まれて闇の妖精王と化していた水の妖精王ことリンディだった。

闇の力を纏って戦っていた時は傲慢《ごうまん》な女性を思わせる雰囲気《ふんいき》だったが、元の姿に戻った彼女《かのじょ》はしおらしく、おとなしい少女といった様子である。

「ま、まあ、あれは仕方ないというか、水の領域に封印《ふういん》されていたから起こったことで、あれが別の場所だったら別の妖精王が同じことになっていたので……」

深々と頭を下げるリンディをなだめるのはベルの言葉である。

実際問題、数千年の時が経過して封印が弱まってきた魔竜《まりゅう》。

その力がもれて、リンディを闇の妖精王に仕立て上げた。

これは予想できるものでもなく、気をつけてどうなるものでもない。

「うむ、うちは直接被害《ひがい》を受けたわけでもないからなあ」

「こちらもですわ」

闇に飲まれてもティーガーとミリアムの領地に、闇の妖精王は攻《せ》め込まなかった。

それもあって、今回のことを問題視するつもりはなかった。

「それじゃ、いいんじゃないのか？　もうカオスドラゴンはこの国には封印されていないし、同じことは起こらないだろうからな。一つアドバイスすると、上の四人はそれでよくても、下の者たちは納得《なっとく》しているつもりでも、あとあとになって不満が爆発《ばくはつ》するなんてことがある。それと、なにかあったときに、リンディの発言権が弱くなるなんてこともあるかもしれない。そういうのを見た下の者たちが、それでいいんだと思ってしまうと良くないことになるぞ」

妖精王たちは神妙《しんみょう》な面持《おもも》ちでアタルの話を聞いていた。

確かに、そんなことが起こる未来は容易に想像ができる。

「そうならないように、互いに気をつけあおう、ね！」

暗い雰囲気を破るようにベルは四人の目を見て真っ先にそう声をかける。

「そうですわね、私はそれでいいと思いますわ。リンディには今回のことに引け目を感じてほしくありませんし、みんなもそこを冗談《じょうだん》でも責めるようなことはやめましょう？」

「うむ、わかった」

聖母のように微笑むミリアムは優しくも強い意志を持った言葉を口にし、ティーガーは腕組《うでぐ》みをして神妙な面持ちで頷《うなず》いて、曲がることのない思いを言葉に込めている。

「そこの話がつけば、あとはあれか。残った魔物《まもの》たちを倒していくことだな。しばらくの間は危険かもしれないから、巡回《じゅんかい》なんかも必要だろう。まあ、闇の魔力《まりょく》が晴れたから少しは大丈夫《だいじょうぶ》かもしれないが」

アタルが倒しきれなかった魔物が方々に逃《に》げていることを覚えていた。

妖精《ようせい》の国では魔物たちはろくに生きていけないだろうが、残っている魔物は排除《はいじょ》しておいた方がいいだろうと考えてそう提案する。

「それに関しては、各領域の妖精兵で部隊を編制するのがいいかと思われる。それ以外に、私と妻の二人で探索《たんさく》しづらい遠方や入り組んだ場所を担当しよう」

このジークムートの言葉に、妖精王たちは納得し頷いている。

しかし、唯一《ゆいいつ》キャロだけが驚《おどろ》いた表情をしたが、隣《となり》にいるハンナが手を握《にぎ》って頷くとすぐにそれはおさまった。

これには事情があって、それはあとで話します――そんな思いが伝わっていたからだ。

「さて、それでは次に移りましょう」

ベルが立ち上がると、三人の妖精王がそれに続いていく。

「アタルさん、キャロさん、バルキアスさん、イフリアさん、こちらへどうぞ」

改めて妖精王たちが一列に並び、アタルたちを手招く。

なんだ？　と首を傾《かし》げながらも、アタルたちは彼らの前に移動していく。

「みなさんに、我々四人の妖精王の加護を送りたいと思います。加護を受けることによって、みなさんの中にも妖精が持つ妖精魔力が作れるようになります。この力は通常の魔力に対して強い力をもつことができます。この力があるからこそ、神はこの地に魔竜を封印したと言われているくらいです」

そう説明されて、アタルたちは闇の妖精兵を正気に戻したベルの力を思い出していた。

浄化《じょうか》の力として使っていたが、あの力は普通の魔力とは異なるなにかを感じられていた。

「あなた方はこの国を救ってくれた救世主です。そんなみなさんになにかをしてあげたい

——四人で話し合った結果、私たちにできるのは加護を送ること。それがみなさんの力になれるのではないかと考えたのです。もちろん強制はしません、いかがでしょうか？」

全《すべ》て説明を終えたベルは最後の確認《かくにん》をとる。

「あぁ、迷うまでもない。是非頼《ぜひたの》む。俺たちにはどれたけ力があっても足りないだろうからな」

アタルの脳裏《のうり》にはラーギル、宝石竜、邪神《じゃしん》側の神などが浮《う》かんでおり、どの敵も一筋縄《ひとすじなわ》ではいかない強敵だった。

今回の魔竜戦も全員の力を合わせてようやく倒すことができたが、撃退《げきたい》のみにとどまっている。

この先の戦いを思えば、どんな力でもアタルたちにとって不要ということはない。

「それではこちらへどうぞ」

笑顔のベルの誘導《ゆうどう》に従って四人が一か所に集まると、妖精王たちはそれぞれ美しい羽をはためかせてふわりとゆっくりと浮き上がる。

「我ら四妖精王の名において、彼らに我らの祝福である加護を授《さず》ける」

そして、ベルの宣言を皮切りに、妖精王たちの手のひらから飛び出したそれぞれの色の光が遊ぶようにくるくると回り始めた。

ベルは黄色、ミリアムは緑、リンディは青、ティーガーは赤。

それは四人の頭上で混ざり合って、白い光となるとパッとはじけてシャワーのようにアタルたちの身体へと降り注いでいく。

「すごく優しい光ですっ」

幻想的な景色に感動したキャロは手を広げて、光を全身で受け止める。

それは温度を持っており、ほのかに暖かかった。

それは数十秒ほど続き、やがて光はおさまっていく。

「ふう、これでみなさんには妖精王の加護が付与《ふよ》されました。この力がみなさんのお役にたつことを願っています」

「救っていただき、ありがとうございました」

「あなたたちのおかげで私たちの世界は救われましたわ、ありがとうございます」

「強い者は歓迎《かんげい》する。また来るといい」

ベル、リンディ、ミリアム、ティーガーが笑顔でそれぞれの言葉をかけて、加護の儀式《ぎしき》は終了《しゅうりょう》となった。

そして、四人はなにも言わずにそれぞれ離《はな》れていった。

「……まだなにかあるもんだと思っていたが、これで終わりなのか？」

あちら側に帰る方法を教えてもらっていないため、まだ話すべきことがあるのではないかとアタルは首を傾げる。

「帰る方法については私たちからあとで説明しようと思う。その前に私たちから少し話しておきたいことがあるんだが……いいかい？」

申し訳なさそうな顔でジークムートが声をかけてくる。

「俺は構わないが……」

アタルはとりあえず代表して返事をするが、その視線はキャロに向いていた。

「はい、お話、聞かせて下さいっ」

キャロは先ほどの会話の時から気になっていた。

両親もあちら側に戻るものだと思っていた。

しかし、二人は今後もここに残るような口ぶりだった——その理由が気になっていた。

「これは私たち二人が妖精の国に来たときのことが大きく関係する話なんだが……」

ジークムートはその時のことをできるだけ鮮明《せんめい》に思い出して、話そうとしている。

「私たちは北の帝国《ていこく》に向かう途中《とちゅう》だった。その道中で北の帝国の騎士《きし》隊と遭遇《そうぐう》してしまったんだ。もちろん私たちは敵対するつもりはなかった。しかし、騎士隊の隊長は我々の力を感じ取って危険人物だとみなした。結果、戦うことになってしまった」

当時のことを思い出したジークムートは厳しい表情になっている。

今思い出しても、あの時の騎士たちは完全に言いがかりをつけており、ジークムートたちにはなんら落ち度はなかった。

「気に障《さわ》るなら帝国に行くのは諦《あきら》めるとも言ったのだが、聞く耳を持たず戦闘は続いた。騎士の数人は気絶させることができたんだが、あの国の騎士隊の隊長は他国の将軍クラスの実力をもっていて相当な腕前《うでまえ》でね。一対一ならなんとかなると思ったが、隊長が三人もいて、私たちは二人とも死を覚悟するほどの大きな怪我《けが》を負ってしまったんだ」

キャロは涙目で口元に手を当てている。

理不尽《りふじん》な暴力にさらされることへの恐怖と怒《いか》りを彼女は痛いほど知っており、両親がそんな目にあったことを辛《つら》く思っていた。

「キャロは優しいのね。昔のことなのにそんな風に悲しんでくれるなんて……」

心根の優しい子に育ってくれたことをハンナは嬉しく思い、キャロの頭を優しく撫でていく。

「命からがら逃げた私たちだったが、追いつかれるのも時間の問題だった。致命傷《ちめいしょう》と呼ばれるほどの大きな傷を負った私たちはいつ意識を失ってもおかしくなかった。その時だ、私たちはなにかわからない力に飲み込まれて、そのままこの妖精の国へと飛ばされた」

普通《ふつう》であればそんなことに巻き込まれれば混乱するが、二人にとってはピンチを逃れることのできる奇跡《きせき》の一手となっていた。

「こちらに来た私たちのことを光の妖精王ベルさんが見つけてくれて、彼が持つ光の力で私たちの身体を治療《ちりょう》してくれたのよ。おかげで、今もこうやって元気にキャロとも会うことができたわ。ほんっと、嬉しい！」

ハンナはそう言ってキャロを抱きしめる。

「お母さん、私も嬉しいですっ！　もちろんお父さんに会えたのもすごく嬉しいですよっ！」

キャロはハンナを抱きしめ返し、二人に気持ちを伝える。

（親子っていうのはこうあるべきなんだろうな）

そんなキャロたちを見たアタルは、三人が一緒にいることはとても微笑ましく、そして互いに愛し合っているんだろうということを感じ取っている。

「キャロ、ありがとう。でも、話はまだ続くんだ……私たちは確かにベルによって治療をしてもらうことができた。だが、それは妖精の国にいる間限定のものであって、あちら側に戻った途端《とたん》に再び怪我が復活してしまうというものなんだ」

妖精による治療とは本来妖精に向けたものであり、獣人《じゅうじん》にはその効果を及《およ》ぼさないものである。

しかし、妖精の国にいる間限定で治療効果を維持《いじ》させることができた。

これは光の妖精王であるベルの力によるものだった。

「だから、私たちはあちら側に戻ることが今はできないんだ」

ジークムートの言葉を聞いたキャロは肩を落として悲しい表情になる。

二人も一緒に戻れるものだとばかり思っていたため、この事実は衝撃的《しょうげきてき》だった。

しかし、アタルは気になることがあった。

「今は、と言ったな。それはいつか戻ることができるという意味であっているのか？」

この問いかけにジークムートは頷き、キャロの表情にも光が差し込む。

「水の妖精王が元に戻ったことで、この地にある癒《いや》しの泉が本来の力を取り戻しているらしい。あの泉は最高の治療薬《ちりょうやく》エリクシールに近い力を持っている。そこに定期的に通い、治療をすることで我々獣人にも効果があるらしい。時間は少しかかるが、完全に治ればあちらに戻ることができるだろう」

この話にアタルは一つの可能性に行き当たってキャロを見ると、同じ考えに至った彼女は力強く頷いた。

「……俺はボロボロのキャロを治療したことがある。それは特別な力だが、誰《だれ》に対してでも効果を発揮する。一度使うと当分同じ効果は望めないが、二人は初めてだからきっと大丈夫なはずだ――それではだめなのか？」

見た目の傷はないが、その芯《しん》に持っているという怪我。

それくらいならば、神の武器による治癒弾《ちゆだん》で治療することができるはずである。

「それはとてもありがたい申し出だ……でも、今回はお断りしよう」

「っ……なんでっ！」

父の言葉に納得ができず、キャロは思わずジークムートに縋《すが》りついてしまう。

「もちろん怪我を治してもらって一緒に戻りたい気持ちはある。だけど、こちらで残っている闇《やみ》の魔物を倒すという役目がある。それと、気になっていることが一つあるんだ……アタル君やキャロ、それからバルキアス君とイフリア君、みんなは神様や危険な竜《りゅう》と戦っているんだろう？　今は君たちだけで対処できているとしても、いずれそれだけでは戦力が足りないなんてことがやってくるかもしれない。その時に私たちはみんなと一緒に戦いたいんだ」

「だったらっ！」

なおさら、早く治療していつでも戻れるようにしたらいいのに、という気持ちがキャロの胸に渦巻《うずま》く。

「私たちは確かに戦う力を持っている。でも、神の力は持っていないし、帝国の騎士隊長にも負けてしまう程度の実力だ。もちろん、鍛《きた》えてもっと強くなるつもりではいる。それでもそんな戦いの中でまた大きな怪我をして戦力ダウンになってしまうかもしれない。その時にアタル君の特別な力で治してもらいたいんだ。今の私たちは、時間はかかるが、癒しの泉で治すことができる。だったら、一度使えば次に使えるまで時間がかかるアタル君の力は、いざという時のとっておきにしてもらいたいんだ」

「それは……はいっ」

そう言われてはキャロも頷くしかなかった。

「俺たちは各国を旅してきて、俺たちが戦っている相手の情報を信頼《しんらい》できる相手には説明してきた。それは、キャロの親父《おやじ》さんが言うように、大きな戦いになった時に備えている。だから、その時のことを考えて今を耐《た》えてくれるというのはすごくありがたい申し出だ」

更《さら》に、ジークムートの意見を後押《あとお》しするようにアタルが意見すれば、キャロにはこれ以上言うことはなくなった。

「キャロ、みんなで頑張って世界を平和にして……そうしたら一緒にゆっくりご飯を食べて、お出かけして、服を買って、家族一緒に休みましょう！」

ハンナは落ち込むキャロを励《はげ》ますように、彼女を抱きしめ、未来のことを話していく。

その未来のために、互いに今を頑張ろう――そんな気持ちが込められている。

「うん……わかりましたっ！　でも、絶対、絶対ちゃんと治して下さいねっ。二人が怪我をしているのはすごく心配ですからっ！」

キャロも何とか心の中で折り合いをつけて、前を向くことにした。

ここからは、楽しい思い出話を全員でしていく。

結局元の世界に戻るためのゲートに案内してもらったのは、妖精の国でゆっくりと休んで三日経《た》ってからのこととなった……。

エピローグ

とある森の奥深《おくふか》く。

そこには魔竜ことカオスドラゴンの姿があった。

命からがら妖精の国を脱出《だっしゅつ》したカオスドラゴンは息も絶え絶えになりながらぐったりとしている。

『はあ、はあ、はあ、まったく！　あやつらは一体なんなのだ……！』

自信のあった最強のブレスが決まっていれば戦いは全て終わっていたはずである。

しかし、それを一瞬でかき消されてしまった。

右目を失うという痛恨《つうこん》の痛手も受けている。

『くそっ！　もっと、もっと我に力があれば……！』

今までは自分の力に絶対の自信を持っていた。

だが、この力ではアタルたちを倒すには足りない。

でも、何をすればいいのかわからない。

悔《くや》しさ、焦燥《しょうそう》感、怒り、憎《にく》しみ、そんな感情がカオスドラゴンの頭の中をぐるぐる駆《か》け巡っている。

「――はあ、やーっと見つけた。こんなところにいるなんて思わなかったよ」

そんなカオスドラゴンの耳に男の声が届く。

『!?』

声の主からかなり強い魔力が感じられたため、カオスドラゴンは警戒《けいかい》態勢をとり、牙《きば》をむき出しにする。

「あぁ、そんなに怖がらなくていいよ。僕《ぼく》は魔族《まぞく》のラーギル。君はこの世界で生まれ、どこかに封印されていた宝石竜だろう？　いやあ、どこにいるのかとずっと探していたんだけどね。急に強い力が現れたって情報を手に入れたから見に来たんだ、会えてよかったよ」

ラーギルが質問と説明をしているが、カオスドラゴンは突然《とつぜん》現れて自分を探していたというラーギルへの警戒心《けいかいしん》だけが高まっていた。

「だから、敵じゃないって。その怪我、完全に治すのは難しいけど、とりあえず塞《ふさ》ごう。あと、きっとなにかに負けたんだろ？　だったら、力が必要なはずだ……一緒にくれば力をあげるよ」

企《たく》んでいるような、それでいてねっとりと優しい口調と表情で声をかけていくラーギル。

怪《あや》しい――それは誰が見ても明らかだが、アタルたちを倒すならばこの傷を治す必要があり、ラーギルからは自分に近い何かがあるのを感じるのも事実であった。

『わかった、怪我の治療とあいつを倒すための力をくれる。この二つを守ってくれるならば我は貴様とともに行こう』

「うんうん、いいね！　それじゃまずは治療だ……ところで、その怪我は誰にやられたんだい？」

嬉《うれ》しそうに笑ったラーギルは鼻歌交じりに近寄り、カオスドラゴンの右目のあたりに手をかざして治療を始めていく。

『人間だ。名前は……たる？　いや、もうひとつなにかついていたな……』

基本的にカオスドラゴンは、自分以外に興味はない。

それでもアタルの名前のうち二文字を覚えていたのは、それだけ憎んでいる証拠《しょうこ》だった。

そして、名前の一部を聞いてピクリと反応したのはラーギルだった。

それまで機嫌《きげん》よく鼻歌を歌っていたが、その名に心当たりがあった彼は冷ややかな雰囲気になった。

「――もしかして……アタルかい？」

『うむ、確かそのように呼ばれていたな。あの憎き男、いつか首をねじ切ってくれるわ』

低く不機嫌《ふきげん》そうに唸《うな》るカオスドラゴンの目には、憎きアタルの姿が映っている。

「……ぷっ、ははははっ、あっははははははっ！　そいつはいいや！」

『な、なんだ？』

ラーギルが急に笑い出したため、カオスドラゴンは困惑《こんわく》してしまう。

「いやいや、あのアタルのくそ野郎《やろう》は俺も殺したいほどむかついているんだよ。ちょうどよかったね。共通の相手が憎むべき相手でさ。いやあ、刀のあげがいがあるというものだよ。はーっはっは！」

アタルの名前が出た途端、ラーギルの口調はかわり、ゲラゲラ笑っていながらも目の奥《おく》には怒りの炎《ほのお》が確かに激しく渦巻いていた。

『ふんっ……その憎しみはなかなか心地《ここち》よいな。同じ男に恨みを持つというのも面白《おもしろ》い。俄然一緒《がぜんいっしょ》に行きたくなったというものだ！』

こうしてアタルたちと因縁《いんねん》のある両者が手を結ぶこととなった……。

あとがき

『魔眼と弾丸を使って異世界をぶち抜く！　11巻』を手に取り、お読み頂き、誠にありがとうございます。

コミック第二巻も順調のようなのですが、ご覧いただけましたでしょうか？

小説ではイラストがなかったキャラたちが描かれて動いているのを見るのは、作者としてもとても新鮮で面白い体験だなと思います。

さて今回は旅の当初から目標に掲げていた、キャロを両親に会わせる——それが詰まった巻となっています。

色々な国を旅してきて、故郷のある獣人の国でも出会うことができなかった。

そんなアタルたちがたどり着いたのは妖精の国で……。

この続きは本編でお楽しみ下さい。

現在なかなか本屋さんに行く機会が減ってきている世の中で、その中にあって買い続けて頂いているみなさんの期待に応えられるように、どんどん面白いものを書いていきたいと思います。

ここまで読んでいただける作品になったのは、皆様のおかげだと思っております。

そんな皆さまのおうち時間のお供になれればなと思いながらこれからも書いていきます。

今巻、次巻、ならびにコミックス等、ぜひぜひよろしくお願いします。

こちらも毎度毎度書いていることですが、今回も帯裏に十二巻発売の予定が――書いてある！　といいなあ……と思いながらあとがきを書いています。

最後に、今巻でも素晴らしいイラストを描いて頂いた赤井てらさんにはとても感謝しています。

その他、編集・出版・流通・販売に関わって頂いた多くの関係者のみなさん、またお読みいただいた皆さまにも感謝を再度述べつつ、あとがきにさせていただきます。

コミカライズも連載中の
スナイパー英雄譚！
漫画：瀬菜モナコ
原作：かたなかじ　キャラクター原案：赤井てら
著／かたなかじ
イラスト／赤井てら
発売予定!!

魔眼と弾丸を使って
異世界をぶち抜く!
第12巻 2021年秋

Anytime I can!
いつでも自宅に帰れる俺は、異世界で行商人をはじめました
霜月緋色 著
Hiro shimotsuki
ill. いわさきたかし
①～④巻 好評発売中!
⑤巻 今秋発売予定!

「小説家になろう」
四半期
第1位
異世界転生・転移
ファンタジー部門
（2019年8月19日時点）
いつでも自宅に帰れる俺は、異世界で行商人をはじめました
vol.1
漫画 明地雫
原作 霜月緋色
コミック単行本
第①巻 好評販売中!!
漫画：明地雫
原作：霜月緋色
キャラクター原案：いわさきたかし

HJ NOVELS
HJN31-11

魔眼と弾丸を使って異世界をぶち抜く！　11

2021年7月19日　初版発行

著者――かたなかじ

発行者―松下大介
発行所―株式会社ホビージャパン
〒151-0053
東京都渋谷区代々木2-15-8
電話　03(5304)7604（編集）
03(5304)9112（営業）

印刷所――大日本印刷株式会社

装丁――木村デザイン・ラボ／株式会社エストール

Printed in Japan

ISBN978-4-7986-2550-8　C0076

ファンレター、作品のご感想お待ちしております
〒151−0053　東京都渋谷区代々木2−15−8
(株)ホビージャパン HJノベルス編集部 気付
かたなかじ 先生／赤井てら 先生